VICTORY NOVELS

帝国時空大海戦

1 新機動艦隊誕生!

羅門祐人

電波社

この作品はフィクションであり、登場する国家、団体、人物などは、
現実の国家、団体、人物とは一切関係ありません。

帝国時空大海戦(1)——新機動艦隊誕生!

もくじ

プロローグ

一九四二年（昭和一七年）七月　マリアナ海域

七月一六日午前零時過ぎ……。

サイパン島東方沖で大規模演習中の帝国軍統合連合艦隊。

総旗艦と定められた戦艦大和《やまと》の統合司令室《CIC》に、時ならぬ大声が響きわたった。

「第一通信室より内線報告。大至急です！」

統合司令室にある連合艦隊司令長官席に座っていた山本五十六《やまもといそろく》は、いつもと変わらぬ泰然《たいぜん》とした声で答えた。

「口頭でかまわんから報告せよ」

令和世界の史実にあった大和にも、のちに有線電話が導入されていた。

しかし、昭和世界に誕生した新たな大和には、最初から比較にならないほど高性能な有線電話網が装備されている。

報告してきたのは司令室《CIC》連絡武官だ。

そのため山本も、近くにいる通信参謀を介さず報告するよう促したのである。

ＣＩＣは、以前は艦橋基部にあった司令塔室を改装したものだ。ちなみに司令塔とは、戦闘時の退避場所として、最強に近い装甲で守られている場所である。

そこに艦内各所からの有線通信線を配線し、手作業ながら電話交換機能まで装備している。

艦橋頂部、上甲板各部に設置した各種レーダーアンテナからの配線も入っている。

当然、司令室にレーダー装置の本体と制御ブースもある。以前からあった舵輪《だりん》などの操艦装置も残されているから、万が一に艦橋が壊滅しても、引きつづきここから操艦指示を出せるようになっている。

ただしこれらの新機軸を追加したせいで、もとから広くない司令塔内部は、GF司令部全員だと入りきれないほど身狭になってしまった（戦闘に直接関係のない司令部部門は、司令塔の後方隣りとなる装甲外の場所に『司令部室』として新設されている）。

反対に昼戦および夜戦艦橋は、本来の目的どおりの、大和艦長以下の個艦要員のみが働く場となった。

「はっ！　帝国統合軍総司令部発、GF司令部宛。七月一六日〇〇〇〇《マルマルマルマル》。本日午前零時をもって、アメリカ合衆国およびソビエト連邦は、大日本帝国に対し宣戦を布告せり。よって連合艦隊司令部は、ミッドウェイ方面より接近中の合衆国海軍艦隊による急襲に厳重注意されたし。すでに戦時下にあるため、敵艦隊との交戦判断はGF長官に一任する。以上、総司令部長官。以上です!!」

山本の席の背後に立っていた宇垣纏《うがきまとめ》GF参謀長が、すかさず声をかける。

「やはり……昨日のソ連軍による満州国の満州里侵攻は局地的な国境紛争ではなく、全面的な侵略の先駆けだったのですね。まあ、あちらは秘蔵していた虎の子の陸軍部隊がそろそろ応戦するはずですから、大丈夫だとは思いますが。

それに煩《わずら》わしいことこの上なかったウラジオストクも、連合艦隊別動隊として山口多聞《やまぐちたもん》少将ひきいる部隊が支援作戦を実施しますので、朝鮮から出撃する陸軍部隊との共同作戦により、さほど時間をかけることなく攻め落とせると思います。

となると……現在の大日本帝国において最大の脅威は、いま現在、我々にむかって進撃中の米艦隊ということになります。合衆国が我々と開戦劈頭《へきとう》で雌雄を決するために送りこんできた艦隊ですので、いきなりの正念場になると考えるべきでしょう」

「当然だ。そもそも我々がここにいること自体、米艦隊による開戦直後の漸減作戦を撃破するためだからな。米海軍はいまだに、旧態依然とした戦艦中心の海上決戦構想を堅持している。

だからこそ米海軍は先日に艦隊がハワイを出撃した時も、異例の一般ニュース扱いで、出撃させた艦隊の規模とミッドウェイ南東沖での大規模演習の実施を公表したのだ。

あの時点で米国政府は、すでに日本に対し宣戦布告する予定だったに違いない。ただし開戦劈頭での奇襲を回避するため、マリアナ沖に我々が出てきたことを幸いと、勇んで侵攻理由にしたのだろう」

すべては、今日という日のためにあった……。

宇垣に返答しながら、山本は胸の内でそう呟《つぶや》いた。

「こうなると卵が先か鶏が先かの問答のようですが、結果的には、我々の米艦隊をおびき寄せる策が成功したことになります。すなわち、すべては我が策の内にありです。米海軍は圧倒的な水上打撃戦力……我が軍の倍にもなる戦艦数に絶大な自信をもっていますので、まさか自分たちが負けるとは思ってもいないでしょう」

宇垣がまるで、悪戯《いたずら》をする子供のような顔になっている。

いつもはしかめっ面の渋顔だから、おもわず近くにいた参謀たちが驚きの声を漏らす。

「昭和八年から一〇年……よくぞここまで日本を

変えてくれた。それもたった一人の未来から来た日本人が成し遂げたのだ。まさに天佑《てんゆう》であった」

山本は出撃する前、横須賀湾を望む海岸で、その男に会っている。

現われたのは、鳴神武人《なるかみたけと》という名の、ひょろりとした優男《やさおとこ》だった。その姿は、陛下すら巻きぞえにして大日本帝国の運命を大きく変えた男とは思えなかった。

だが、彼は成し遂げたのだ。たった一〇年の短い期間で、日本を根底から作り変えたのである。

対米国力比を一対一〇から一対二まで縮小し、科学技術を二〇年先まで先取りし、軍備を世界から隔絶するほどの高みにまで至らせた……。

すべてが今日——対米開戦のための布石だったのだ。

鳴神武人は、日本が第二次世界大戦で負けた世界からやってきたという。

負けた結果日本は、今上天皇陛下の孫が象徴天皇とされる『令和世界』——二一世紀にいたる未来においても、戦勝国に対し隷属的な立場に封じられ、まともな国際外交ができない半端国家にされてしまった。

それを民族的な恨みと感じた鳴神は、『時空ゲート開口』という特殊能力をつかって、『昭和世界』——昭和八年の東京、しかも皇居のただ中にやってきたのである。

「新たな報告です！」

山本の回想は、ふたたび巻きおこった大声にかき消された。

「夜間警戒中のサイパン航空基地所属、広域警戒管制機『先駆《せんく》』より、米艦隊の仔細情報が届きました！」

先駆は、正式名称を『一式双発警戒管制機』という。

もともとは双発陸攻『銀河《ぎんが》』の機体を流用して、巨大なレドーム式アンテナを背負った新機種に改装したものだ。

当然、全天候かつ夜間飛行可能な最新鋭機である。

先駆の海上監視レーダーは、直下を中心とした半径二〇〇キロもの広範囲を精密監視できる。それを可能としたのが、滞空高度一万メートルを維持できる高ブースト圧が可能な最新型のスクロール内径可変式ツイン・ターボチャージャーである。

しかも胴体内に大型燃料タンク、両翼下にも大型落下増槽をそなえているため、じつに航続距離は七〇〇〇キロ、対空時間にすると最長一二時間強というとんでもない性能を誇っている。

当然、搭載しているレーダー装置も未来化されていて、心臓部こそ大出力のパワー真空管だが、他の回路はすべてトランジスタ化されている。とくにレーダーを高性能化するために不可欠なFET型トランジスタは、長野県諏訪市を中心とした、『アルプスバレー』の愛称がつけられた一大半導体製造地帯で生産されたものだ。

先駆は現在、ウェーク島西南西六〇〇キロ付近の上空に位置し、敵艦隊の動向を三交代制で見守っている。

サイパン航空基地には四機の先駆が極秘裏に配備されていて、ローテーションを組むことで、二四時間の常時監視態勢を可能としている。

「報告を続けよ」

今回は通信参謀がじかに受けとったため、正規のルートでの報告となった。

「はっ！　敵艦隊は三個の任務部隊に分かれております。東西の二個艦隊がやや先進、中央の主力と目される部隊がやや遅れて進撃中とのことです。各艦隊の構成については、先駆のレーダーでは判別不能のため、夜明けを待って長距離偵察機を出して確認するとのことです」

「敵艦隊の進路はどうなっている?」

山本は米艦隊のことを『敵』と明言した。

宣戦布告されたため、思考を『戦時』に切りかえた証拠だ。

「敵艦隊は、まっしぐらにサイパン島方面をめざしております。艦隊速度はいずれも二〇ノット。現在位置は、我が艦隊より東北東一三二〇キロ付近とのことです!」

通信参謀の報告に宇垣が言葉を付け加えた。

「現在の速度のままですと、明日の正午に我が艦隊と接触することになりますが……我々も動きますか?」

「いや、このままの位置で待ち受ける。下手に前進して米艦隊の予定を邪魔しても悪いからな。それに……接敵予想時刻が正午から午前に変わったところで、我々の作戦予定が変わるわけでもない。どのみち明日の午前中には、あらかたの決着はついている」

山本は自信満々に答えた。

それは充分に根拠のある自信であり、まだ世界中の海軍が気づいていない『新機軸』に基づくものだ。

とはいえ……。

新機軸の片鱗は、先に行なわれた英蘭仏三国連合軍の合同艦隊——実際には英東洋艦隊とのあいだに行なわれた『シンガポール沖海戦』でも見せつけている。

だが、あの時は潜水艦部隊による集中攻撃でうまくごまかしたため、まだ米海軍は気づいていない。

そう……。

鳴神武人が日本軍に徹底して叩き込んだ『航空

優先主義』が結実した姿――空母機動部隊が放つ航空攻撃隊の全面的な活用である。

ただし今回の作戦においては、あえて合衆国政府に深刻な心理ダメージを与えるため、空母以外の艦による水上打撃戦闘も想定したものとなっているが……。

山本は、あらたまった態度でCIC内にいる各員に命じた。

「現在進行中の演習を中止する。同時に実戦を大前提とした臨戦態勢に入る。会敵予想は明日の午前中だ。よってGF司令長官の権限に基づき、ただちに『旭一号作戦』の開始を命じる。諸君、すべては予定通りだ。あとは身を引き締めて海戦の準備に勤しんでくれ。以上、全部隊へ伝えよ！」

山本であっても、つい声が高ぶる。

かつての東郷《とうごう》元帥のような名文句も考えてはみたが、これからの海軍は合理的かつ科学的でなければならないと思い、あえて精神主義を惹起《じやつき》させる言葉は省くことにした。

かくして……。

ここに大日本帝国は準備万端整えて、アメリカ合衆国との戦端を開くことになったのである。

＊

七月一六日午前八時。

敵艦隊の位置は、あいかわらず『先駆』によって監視されている。

最新の報告によれば、敵艦隊は午前零時から三〇〇キロしか動いていない。連合艦隊のいる位置からだと、まだ一〇〇〇キロもある。

まさに海の上を這いずりまわるような、遅々とした速度である。

『なぜ世界の海軍は、すでに水上打撃部隊のみでの戦闘が時代遅れになっていることに気づかないのでしょうね』

横須賀で会った鳴神は、真剣な表情で山本にそう告げた。

それを思いだした山本は、かすかに微笑みながら口を開いた。

「作戦予定に基づき、接近中の米海軍艦隊に対し警告を送れ」

あらかじめ用意していた警告文を、国際通信周波数で打電するよう命じる。

この警告は約束事のようなものだ。

米艦隊も、警告されたからといって止まったり引き返したりしない。

先に合衆国が宣戦布告した以上、接近してくる敵艦隊に対し、日本が統治する地域へ接近しないよう警告する、いわば海戦の前の国際儀礼のようなものだ。

それを山本は、日本国の矜持《きょうじ》の現われとして行なったのである。

「警告が拒否もしくは無視された場合、一時間後に旭一号作戦第一段階を実施する」

山本の声に応じた航空参謀が、通信室に繋がっている有線電話の送話器に話しかける。

航空参謀のみ動いたのは、作戦第一段階が空母航空隊によるものだからだ。

警告こそ古臭いが、その後に起こる出来事は、米海軍も予想だにしない一手となる。

「全空母部隊に通達。旭一号作戦第一段階実施にむけ、各空母の出撃準備を命令する。準備完遂ののちは出撃命令を待て。以上、送れ」

すべての準備は整った。

あとは待つだけである。

じりじりと、気の遠くなるほどゆっくりと時間が過ぎていく。

敵艦隊からの返事はない。

三〇分たってもう一度、同じ警告を発信する。

これが本当に最後の警告となる。

そしてまた、三〇分の待機……。

「〇九〇〇《マルキユウマルマル》です」

腕時計を見ていた宇垣纏が、長官席に座ったままの山本に声をかけた。

「旭一号作戦第一段階を発令する。空母攻撃隊、出撃せよ。同時に空母部隊を除く全部隊は、全速で敵艦隊へむけて前進を開始せよ！」

第一撃は、古今の海軍では非常識とされている、空母艦上機部隊による先制集中攻撃だ。

ただし、それで終わりではない。

必要なら夕刻までに、第二次航空攻撃まで予定している。

当然、敵艦隊は被害を受けるはずだ。

少なからずの速度低下を来すことまで作戦には組み入れられている。

それでもなお撤退しなければ、日没後に敵艦隊と夜戦が行なえるよう、連合艦隊を東北東へ進める。

そして夜の海戦……夜戦となるはずだ。

それが旭一号作戦第二段階となっている。

「さて……これでもう、後戻りはできなくなったぞ」

山本は、まるで隣りに鳴神武人がいるかのように、そっと独り言を呟いた。

＊

「こちら第一機動艦隊攻撃隊、飛行隊長の楠木《くすのき》。まもなく中央の敵主力艦隊想定位置に到着する。先駆二号機においては最終誘導を願う。以上！」

空母赤城《あかぎ》の艦爆隊長でもある楠木辰巳《たつみ》少佐は、

指揮下にある第一機動艦隊の艦戦隊／艦爆隊／艦攻隊――総数一七〇機を代表して、二〇〇キロ後方の上空一万メートルにいる一式双発警戒監視機『先駆』二号機に音声通信を送った。

ちなみに今回の攻撃には、第一／第二／第三空母機動艦隊から、総数四五〇機もの各種艦上機が出撃している。

当然、各空母艦隊ごとに飛行隊長がいる。

三個飛行隊をまとめるのはＧＦ参謀部にいる航空参謀（各空母艦隊には航空隊長がいるが、航空参謀はさらに上）なので、現場では各飛行隊長が最高責任者だ。

一度に四五〇機の出撃は、この時期では前代未聞である。それでも半数出撃なのだから、空母一二隻を用意した日本軍の意気込みが知れる。

返答はすぐに来た。しかも音声で極めて明瞭だ。

はるか上空からのＶＨＦ電波は、さえぎるものが何もない。そのため見通せる範囲なら、海上にいる艦艇や飛行中の航空機にも明瞭に受信できる。

高空で電波を垂れ流す『先駆』だが、それを受信できる装置が米海軍にはない。

ただし混信なら発生するため、もし米艦隊が広い周波数を監視できる装置を持っていたら、『なんらかの妨害電波が送られている』と感じることは可能だ。

しかし、この時期の米軍では、ＶＨＦ周波数を使うのはレーダー装置のみで、まだ通信連絡用には使われていない。そのため米艦隊には完全に盲点となっている。

『こちら先駆二号機、第一機動艦隊誘導担当の浅《あさ》田《だ》です。中央の敵艦隊主力部隊は、貴航空隊の一時方向八六キロにあり、二〇ノットでサイパン方向へ進撃中。早朝の航空偵察により、該当艦隊には二隻の正規空母が随伴しているとなっているので、直掩機による迎撃に注意されたし。以上！』

天空から睨《にら》む電子の目にかかっては、敵艦隊など丸裸同然だ。

しかも先駆からの音声による超短波無線は、各機動艦隊攻撃隊に専用周波数で送られているため、楠木が知ると同時に他の空母艦隊攻撃隊にも行き渡っている。

つまり敵艦隊が三個部隊に分かれているのなら、こちらも三個空母部隊がマンツーマン方式で同時に攻撃できる策を採用したのである。

これらのことを大前提に、楠木は部下たちに命令を発した。

「まもなく交戦空域にはいる。時間がないので、これが最後の全体命令となる。全機、作戦予定通りに、まず空母を狙え。必ず沈めろ、いいな!?　そして生き残れ！　艦戦隊においては、敵艦戦を充分に引きつけてくれるよう願う。以上で通信を終わる!!」

以後の通信は、艦爆隊のみに割り当てられている周波数で行なわれる。

楠木は第一攻撃隊の隊長の役目を終え、以後は艦爆隊長として敵艦に挑むつもりだ。

『こちら艦戦隊、佐々木。敵艦隊上空に直掩機を発見。先行する！』

加賀《かが》艦戦隊長でもある佐々木尚継《ささきなおつぐ》大尉が、一足先に自分たちの戦いを始めようとしている。

佐々木たちが駆る機は、九五式艦上戦闘機『駿風《しゅんぷう》』だ。

令和世界でも知られている旧海軍の零式艦戦二一型の設計を改良し、そこに三菱ハ-115改（栄21型改）エンジンを搭載したモデルである。

とはいっても、すでに最新鋭機ではない。

すでに次世代の艦戦が拡大試作中だが、今回の作戦に投入するのは見送られた。

その理由が凄い。

『現時点における米海軍の艦戦はＦ４Ｆワイルドキャットなので、駿風で充分』

未来の情報を知る日本にとっては、米海軍も形無しだ。

同様に艦爆は九六式艦上爆撃機（空冷彗星《すいせい》改）、艦攻は九六式艦上攻撃機（空冷流星《りゅうせい》改）となっている。

いずれも史実にあった、九九式艦爆や九七式艦攻より格段に性能が高い。

彗星改艦爆の搭載する徹甲爆弾は五〇〇キロと倍加しているし、艦攻の航空魚雷に至っては、トランジスタ回路を使った簡易追尾式である。

簡易追尾式ソナーを備えた八〇〇キロ航空魚雷は、艦船搭載の長魚雷と同じく、敵艦のたてる騒音を探知して、ある程度の左右へ進路を変更できる仕様になっている。

自ら水中音波を発信するわけではないし、探知範囲も狭い角度の前方数百メートルのため、あえて『簡易』の二文字が追加されている。

探知できなかった場合は、そのまま無誘導魚雷として機能する。

それでもなお、昭和世界においては歴史上初めての追尾魚雷であり、狙われる米艦にとっては悪夢のような存在だった。

「隊長、右舷前方二〇〇〇に戦艦！」

同じコックピット内の後部座席にいる牟礼《むれ》康治《こうじ》が大声で叫んだ。

牟礼は後部銃座担当のため、楠木とは背中合わせに座っている。なのに右翼前方の敵を確認したというのだから、無理して首をネジ曲げてまで海上を監視していたらしい。

「第一編隊、爆撃態勢に入れ。あくまで最優先目標は空母だ。空母撃沈を確認したら、あとは好きな相手を爆撃していい。残る各編隊も我が編隊に続け。いくぞ!!」

　伝えることは伝えた。

　マイクを右側にある音声通信機のフックにかけた楠木は、右手を操縦桿、左手を爆弾投擲レバーに添えると、一気に急降下態勢に入り始める。

「目標、前方直下の大型空母。いくぞ！」

　これは独り言だ。

　急降下態勢に入れば、もはや自分の機以外に注意はいかなくなる。

　高度二〇〇〇。

　ここから八〇度の急角度まで突っ込み、高度七〇〇で五〇〇キロ徹甲爆弾を投下する。

　訓練では高度五〇〇まで我慢したこともあるが、ここは無理をしない。

　なにしろ第一空母機動艦隊長官の南《な》雲《ぐも》忠一《ちゅういち》中将から、じきじきに海軍の総意として、

『自分の命を最優先にせよ。貴官らの戦いはこれが最初であって最後ではない。必ず生き延びて、次の戦いに備えよ』

　と命じられたのだ。

　令和世界に伝わっている帝国陸海軍の人命軽視主義は、もはや片鱗もない。

　これもまた、鳴神武人が天皇陛下のお声を借りてまで徹底した軍部改革の成果だった。

＊

「西南西上空に敵機！　距離、おおよそ六キロ!!」

　第4任務部隊が構成する輪形陣の先鋒に位置する軽巡クリーブランドから、部隊旗艦の戦艦インディアナへ、発光信号による緊急連絡が届いた。

　クリーブランドから見て六キロなら、艦隊中心

にいるインディアナからは七キロ弱となる。

たった七キロ……。

それも当然で、まだ米海軍の大半の艦艇には、レーダーが装備されていない。

かろうじて艦隊旗艦などに、もっとも初歩的な対空/水上兼用レーダーが採用されたばかりである。

令和世界の過去では、一九四二年だと米軍は初歩的な対空レーダーを開発していたはずだが、日米開戦が遅れたことと米独戦が先行していることから、予算を大幅に陸軍へ取られた結果、海軍の装備開発や建艦が令和世界より遅れてしまったらしい。

これもまた、鳴神武人が意図的に歴史を誘導した結果だった。

「陸上航空基地の爆撃機か?」

インディアナの艦橋長官席に座っているチェスター・ニミッツ中将は、さも予想していたことのように任務部隊司令部所属の航空参謀へ質問した。

「わかりません。今の報告が第一報ですので。仔細を報告するよう命令を出されますか?」

「いや、あと七キロなら間に合わん。とりあえず空襲警報を発令せよ。対空戦闘も許可する。空母直掩機は、いま何機上がっている?」

「ワスプとホーネットあわせて四〇機です。すべて最新鋭のF4Fですので、鈍重な陸上爆撃機なら対処可能と考えています」

ニミッツは、何かを思い出すような顔になった。

「事前の情報では、サイパンにいる敵の航空機は、どんな機種だったか?」

「陸軍参謀部がオスカーと命名した単発戦闘機と、ヘレンと名づけられた双発爆撃機です。以前に行なわれた演習をスパイした報告では、オスカーの航続距離は一四〇〇キロ、ヘレンは一五〇〇キロとなっていましたので、サイパンからの距離を考えると、ちょっと計算があわないことになってしまいます」

そうこう話しているうちに、輪形陣の前方にある艦が対空射撃を開始した音が届きはじめた。

やがてインディアナも、自前の対空砲と機関砲を射ちはじめる。

「演習では航続距離を短く見せていたのだろう。合衆国軍でも、それくらいは日常的に隠蔽している」

ニミッツの憶測は、ある意味正しい。

オスカー（陸軍九五式戦闘機『隼改《はやぶさ》』）の航続距離は二四〇〇キロ（大型落下増槽使用時）、ヘレン（陸軍九四式爆撃機『呑龍改《どんりゅう》』）は二七〇〇キロだからだ。

当然、サイパン基地から余裕で届くが、今回は出撃していない。

「敵編隊はすへて単発機！　形状その他から海軍の空母艦上機と思われる!!　いずれの編隊も本艦上空を通過、すべて後方にいる二隻の空母をめざしている模様!!」

艦橋上方にある対空監視所から伝音管による報告が舞い込んできた。

「戦艦を狙わず空母だと？　空母攻撃隊が空母を目のかたきにするとは聞いていたが、あまりにも稚拙な判断ではないか？」

ニミッツにとっては、戦艦を無視して空母を狙うのは稚拙らしい。

それが世界の常識だけに、ことさら責めることはできないが……。

「戦艦は、空母艦上機では沈められません。できて上部構造物を破壊する程度でしょう。ならば沈めやすい空母を狙う……当然の判断だと思います」

専門家の航空参謀からして、この返答である。

実際はまったく別の理由――まず空母を潰すのが最重要なことなど思ってもいない。

「第7と第8任務部隊のほうからは、なにか報告はあったか?」

今回の作戦には三個任務部隊が出撃している。

それらを束ねる作戦部隊司令長官にニミッツが抜擢された。

なお、米海軍太平洋艦隊司令部長官のキンメル大将は、いまもハワイの真珠湾で采配を振るっている。

「第7任務部隊のF・J・フレッチャー少将からは、こちらと同様に敵航空隊が接近中との至急打電が入っています。第8任務部隊のレイモンド・A・スプルーアンス少将は、まだ何も言ってきていません」

「おそらく他の部隊も、同時に航空攻撃を受けているだろうな。グアムの海軍司令部が調べた事前調査では、艦数こそ不明だが、未曾有《みぞう》の数の空母がサイパン周辺に展開しているとなっていた。おそらくそれらが全力で攻撃を仕掛けているのだろう」

実際は半数出撃のため、ニミッツの予想は半分でしかない。

しかし、それも無理はない。

この時期、日本軍以外のすべての軍が、艦隊防衛のため以外の目的で空母を運用するなど夢にも思っていないからだ。

さらには、日本以外の海軍が保有する空母すべてを集めても、まだ日本海軍が保有する空母数に足らないという現実がある(さすがに日本の空母保有数は曖昧にごまかしてあるが、英米の海軍保有数より上なのは知られている)。

「戦艦数で圧倒的に負けているため、せめて数に優る空母で事前に被害を与えようと考えたのでしょうね。貧乏国家の海軍が考えそうなことです」

　合衆国が把握している日本の国力は、最近の奇妙な報告を考慮にいれたとしても、最新で合衆国の二〇パーセント弱でしかないとなっている。

　これは日本が国際的に発表している数値だけでなく、情報組織による開戦前の調査結果も加味したものだから、米側が正しいと思うのも無理はない。

　しかし、それらもまた、大日本帝国が新たに設置した『軍務省諜報局《MIA》』の対外工作部門が、全力で隠蔽および欺瞞《ぎまん》工作を実施した結果なのである。

　実際の対米国力比は五〇パーセント強！

　それでも合衆国海軍の有する、一九隻もの戦艦数に対抗できるものではない。

　現時点における日本の戦艦は、あえて実数を公表している九隻——大和／長門《ながと》／陸奥《むつ》／伊勢《いせ》／日向《ひゅうが》／扶桑《ふそう》／山城《やましろ》／比叡《ひえい》／榛名《はるな》のみだ。

　金剛《こんごう》型戦艦の金剛／霧島《きりしま》は空母に改装されているため、そのぶん目減りしている。

　今回の作戦では、日本は戦艦九隻中のじつに七隻を参加させている。

　残りの二隻……金剛型の比叡と榛名は、英東洋艦隊の再強化を予測して編成された南遣艦隊に参加しているため、実質的に日本本土に残っている戦艦はゼロとなる。

　対する合衆国海軍は、対ドイツ戦用に大西洋へ数隻を残す必要があるとはいえ、作戦には一九隻のうち一四隻を投入しているのだから、もはや両軍ともに出せるだけ出したといった感が強い。

　戦艦だけではない。

　重巡も最上《もがみ》型四隻が小型正規空母へ改装されたため、水上打撃戦力としては減っている。

これらのことは対外的に公表されているため、ニミッツも承知の上のことだ。合衆国海軍は、日本の戦力を見定めた上で、絶対に勝てるという数を揃えてきたのである。

ただし……。

それは『戦艦の数が海戦の趨勢《すうせい》を決する』という、これまでの常識に基づいてのことだが。

「至急！　味方空母ワスプとホーネット、いずれも飛行甲板に着弾！　予想以上の威力だったようで、格納庫と中甲板を突き抜けて艦内で大爆発を発生、両空母ともに大被害の模様です!!」

さすがに航空参謀の顔色が変わる。

「敵の艦爆の爆弾は、事前情報にあった五〇〇ポンド徹甲爆弾ではないのかも……」

参謀の言う五〇〇ポンドは、キログラム換算だと約二二五〇キロになる。

米海軍の艦爆の搭載量は、ＳＢ２Ａバッカニアが四五四キロだが、急降下爆撃に使用する爆弾は五〇〇ポンド徹甲爆弾一択となる。

最新鋭のＳＢＤドーントレスだと、最大搭載量は一〇二〇キロのものの、急降下爆撃にはやはり五〇〇ポンド爆弾のみが選択肢となる。

日本の場合、令和世界の史実にあった九九式艦爆が二五〇キロ徹甲爆弾を搭載していたが、これは世界の趨勢……とくに米海軍に準拠した結果と思われる。

しかし現在の昭和世界は違う。

今回の作戦で彗星改艦爆に搭載されているのは、五〇〇キロ貫通爆弾だ。

対外的には機密保持のため『二五〇キロ徹甲爆弾』と発表されているが、当初から新型を搭載する予定だった（これは大和の四六センチ主砲も同じだ。対外的には四〇センチと発表されている）。

貫通爆弾は、徹甲爆弾より装甲貫通力を増大した爆弾である。

爆弾が分厚い装甲を貫通できるよう、令和世界にあったバンカーバスター（貫通爆弾）の理論を一部採用している。

五〇〇キロ貫通爆弾は、開発段階で戦艦大和の中甲板に相当する装甲を余裕で貫通し、分厚い砲塔天蓋《てんがい》すらも一定角度以内なら突き抜けることが可能となっている。

さすがに最も厚い砲塔前盾は貫通できないらしいが、そもそも砲塔の前にある前盾に対し垂直に近い角度で爆弾を命中させられないから、これは考慮に入れなくて良いらしい。

当然、大和に劣る米戦艦の中甲板装甲は、すべて撃破可能である。

歴史の改変により米戦艦の仔細データが変更されている可能性もあるが、少なくとも主砲が四〇センチクラスであれば、それ相応の装甲しか持っていないのが常識であり、それを元に開発された五〇〇キロ貫通爆弾なのだから、もともと貫通して当然なのだ。

ましてや装甲の薄い空母など、まるで紙のように貫通する。

「スプルーアンス部隊より入電！　空母レキシントン、五発の爆弾を受けて大破炎上中！　回復不能と判断し、総員退艦命令が出たそうです！」

フレッチャーの部隊からは報告が入っていないが、他の部隊もどうやら同じ状況らしい。

空母二隻がいるのは、ニミッツの第4任務部隊のみだ。

スプルーアンスとフレッチャーの部隊には、それぞれ一隻……エンタープライズとレキシントンしかいない。

もしフレッチャーのところも空母が集中的に狙われたとすれば、おそらく無事な空母は一隻もなくなっている……。

　そう思ったニミッツは、大声で命令を発した。

「敵航空隊が撤収したら、ただちに空母を部隊から離脱退避させろ！　ここから先は空母などいらん!!　水上打撃部隊だけで敵を撃破する!!」

　どのみちニミッツの部隊の空母二隻は、すでに飛行甲板をやられて戦闘不能になっている。

　邪魔なだけの存在なら、さっさと切り放す。

　これが合理主義を信奉するニミッツの考えだ。

　しかし……。

　結果的に、この命令は意味をなさなかった。

「ワスプ、敵雷撃機による魚雷を片舷に集中して受け、大きく傾いています！　ワスプ艦長から、これ以上は無理なため退艦許可を願うとの連絡が入りました!!」

「まったく……やはり空母は役立たずだな。ただちに許可する。退艦後は敵による鹵獲《ろかく》を阻止するため、駆逐隊による雷撃で自沈させろ。ここで部隊の足を止めるわけにはいかん！」

「空母攻撃をしていた敵攻撃隊が、こちらに向かってきています！」

　空母に致命的ダメージを与えたと判断して、ようやく戦艦のいる輪形陣中心部へ戻ってくる気になったようだ。

　少なくともニミッツは、そう判断した。

「まだ爆弾を抱えた艦爆や、魚雷を温存している雷撃機がいるはずだ。爆弾はともかく、魚雷には注意しろ。戦艦が沈むことはないが、速度を低下させられるのはまずい」

　ニミッツは、それまで話していた航空参謀から矛先を変え、参謀長に命令を下した。

　いちいち個別の参謀に命令するより、参謀長に一括して命じるほうが効率的だと気づいたのだ。

「敵編隊、直上！　来ます!!」

航空機の足は速い。

もうニミッツが率いている四隻の戦艦――インディアナ／サウスダコタ／ワシントン／ノースカロライナによる中央四方陣の上空に到達してしまった。

一発めは、かろうじてインディアナの右舷前方に外れた。

だが、すぐに悲報が走る。

「右後方に位置するワシントン、中央部上甲板に命中弾！」

喉を枯らして叫ぶ伝令や監視兵だが、それすら対空砲と機関砲の発射音、それに近接海面で炸裂する爆弾の轟音で聞き取りにくい。

「敵機、真上!!」

「衝撃にそなえろ！」

誰が注意を促したかは定かではない。

ともかく、誰かが叫んだ。

直後、ミニッツは背後から巨大なハンマーで殴られたような気がした。

戦艦インディアナの艦橋後方――傾斜式煙突とのあいだにある間隙《かんげき》へ飛びこんだ一発の五〇〇キロ貫通爆弾が、この最新型戦艦の中枢を強打した瞬間だった。

「長官！」

爆風が艦橋後方から前方へ噴きぬけた。

すべての耐爆ガラスが外側へ吹き飛び、艦橋内は血の海と化す。

かろうじて無事だった艦橋両側ハッチ付近にいた兵員が、倒れたニミッツを抱きかかえる。

右腕が肘の部分からちぎれている。

左足も膝から先がない。

しかし体幹部と頭部に損傷はなさそうだ。

そう判断した兵員は、大声で叫んだ。

「ニミッツ長官が負傷なされた！　誰か、衛生兵

「……いや軍医を呼んでくれ!!」

声に叩かれて、反射するかのように数名が動きはじめる。

その頃になって、ようやくニミッツが気絶から醒《さ》めた。

「ああ、長官……よかった！　もう少し我慢してください。すぐ医務室から軍医殿が来ますから」

「……どうなった？」

介抱している兵が、ニミッツの右上腕と左大腿部を、自分と横にいる兵のベルトで締めつけ止血を試みている。

「艦橋後方に一発食らったみたいです！　被害はよくわかりませんが、煙突前方部が破壊しているみたいで、ここまで煙が入ってきてます!!」

「他の……作戦参謀か戦闘参謀は？」

ミニッツに問われて、兵士が周囲をキョロキョロと見渡す。

やがて、頭部から出血しているものの、他は大丈夫らしい作戦参謀を見つけ、大声で呼んでくれた。

よろよろとした足どりで、作戦参謀が歩みよる。

「第4任務部隊にいる四隻の戦艦が攻撃を受けました。四隻のうち、大破は本艦とノースカロライナの二隻ですが、いずれも速度低下を来したものの各主砲塔は無事ですので交戦可能です。なお敵航空隊は、すでに攻撃を終えて去りました」

しかし、作戦司令長官のニミッツは重症だ。

「指揮権を一時的にフレッチャーへ委譲する。作戦は続行だ。手当が済み次第、私も現場に復帰する。それまで部隊を任せると、フレッチャーに伝えてくれ」

とりあえず、これで良し……。

他の部隊がどれほど被害を受けたか不明だが、今回の作戦に投入した一四隻の戦艦のうち一〇隻以上が戦闘可能なら、まだ勝利は自分たちに微笑んでくれる。

そう確信しての作戦続行だった。

＊

同日、午前一一時。彼我の距離九〇〇キロ。

「敵は罠にかかった。これより作戦第二段階へ移行する」

第一次航空攻撃隊による戦果報告のまとめを見た山本五十六は、にやりと笑うと宇垣参謀長へ命令を伝えた。

「第二次攻撃は、いかがなされます？」

「第二次航空攻撃は、本日の夕刻に行なう。あまり早く行なうと、敵が戦意を消失してハワイへ逃げかえってしまうからな。総司令部の考えはともかく、私はここで米艦隊を徹底的に潰しておかないと、あとで大問題になると考えている。

だから敵艦隊の最高指揮官が、夜戦を決意して突っこんでくる夕刻までは手出ししない。それと……報告では、攻撃で敵艦隊の進撃速度が鈍ったようだから、こちらも辻褄《つじつま》を合わせる意味で前進する」

「報告では一六ノットまで落ちています。これだと夕刻までの六時間で一七〇キロ強しか進めませんので、敵艦隊は午後五時までに七三〇キロまでしか距離を詰められないことになります。

これを夜戦に持ちこむとすれば、こちらがこれから二五ノットで進撃すれば、一二時間後となる午前零時以降には接敵が可能になりますが……」

宇垣は暗算だけで、面倒くさい距離と時間の計算をしたらしい。

「ほぼ作戦通りだから、それで良い。艦隊進撃命令を下す。第一および第二打撃部隊は、ただちに敵艦隊へ進撃を開始せよ。なお、こちらが進撃を開始したことを敵部隊に知らしめるため、レーダーを含む全電波機器の使用を許可する。盛大に鳴り物入りで進むとしよう」

そう告げた時の山本五十六は、まるで子供のような表情を浮かべていた。

もともと博打《ばくち》好きでやんちゃな性格なのが、思わず出てしまったらしい。

いつもの厳格そうな表情は、あえて後天的に作ったものなのだ。

＊

午後六時二〇分……。

米艦隊は日没ぎりぎり前になって、またもや日本の空母艦上機による襲撃を受けた。

今回の攻撃は重巡や軽巡にまで及んだ。

「……戦艦が……沈んだだと!?」

いまだに医務室のベッドへ縛り付けられているニミッツが、報告を聞いた途端、苦渋の声をあげた。

報告しにきたのは、第4任務部隊の部隊参謀長だ。

いまはフレッチャーが長官代理のため、作戦部隊参謀長も、フレッチャーのいる第7任務部隊参謀長に代わっている。そのため、彼もようやくニミッツに付きそうことができたらしい。

フレッチャーからの報告では、第8任務部隊所属の戦艦ネバダが、多数の爆弾と魚雷を食らい、つい先ほど波間に消えたとのことだった。

それは世界の常識をくつがえす、あっという間の出来事だったらしい。

沈んだ場所は、世界でも最も深いマリアナ海溝付近だから、もはやサルベージして回収することもできない。

「他にも大破の被害を食らったのが、アリゾナとニューメキシコ、中破はオクラホマとテネシー、砲塔破損がカリフォルニアとなっております。しかし……それより深刻なのが、重巡と軽巡の被害です。

巡洋艦は、これから行なう夜戦の主役となる雷撃戦を補佐する重要な役目がありますので、多数の魚雷を食らって軒並み速度低下を来してしまっては、駆逐艦を教導することができません」

どうやら参謀長は、ニミッツに作戦の中止と部隊の撤収を進言したいらしい。

最終的にはフレッチャーが判断することだが、一時的にでもニミッツが指揮権を取りもどした上で作戦中止を命じてくれることを願っているようだ。

だが、ニミッツは躊躇《ちゅうちょ》することなく言った。

「ここで引き返すと完敗が確定する。それは合衆国政府だけでなく、連合国や合衆国市民に対しても許されない行為だ。なにしろ完勝間違いなしの前評判があったからこそ、ルーズベルト大統領も日米開戦に踏みきったのだからな。

したがって我々にやれることは、なんとしても夜戦で敵艦隊に一矢報いることだけだ。しかし……空母の艦上機でこれほどの大被害を受けたのは想定外もいいところだが、それでもなお、戦闘可能な戦艦数は優っている。

撃沈されたネバダを除けば、他の戦艦の主砲は健在なのだ。重巡と軽巡多数に被害が出て、駆逐艦による雷撃作戦に支障を来していることは理解したが、ならば徹底した中距離砲撃戦に持ちこめば、まだ我々のほうが有利ではないか？」

「理論的には、その通りです。双方痛み分けでよろしければ、勝率は充分にあると思います」

砲撃に関する戦闘理論では、現在の状況でも五分以上の戦いが可能だ。

すでに完勝は不可能だが、引き分けでも実質的には合衆国の勝ちとなる。なぜなら国力に劣る日本は、被害を受けた戦艦の修理に手間どるため、その間に合衆国側が戦力を回復して再侵攻できるからだ。

「ともかく、開戦劈頭での圧勝と超短期の停戦は無理になったが、まだ半年単位での早期勝利は可能だ。なんとしても日本敗北による戦争終結……これは日本が降伏するのではなく、東南アジアからの撤収と満州国の国際的な解放を連合国に確約しての講和だが、これさえ達成できれば、あとは対ドイツ戦に勝利するだけでよくなる。

これが大統領閣下と合衆国政府の方針である以上、我々もこの勝利条件を満たすよう努力せねばならん。そのためには、ここで引くわけにはいかんのだ！」

大怪我の重症というのに、ニミッツの覇気は衰えていない。

それを見た参謀長は、ついに諦めた。

「了解しました。フレッチャー長官代理には、長官が作戦を続行する意向であると伝えておきます」

「よろしく頼む。私も夜戦の時は、艦橋に戻れるよう努力する」

医務室での二人の会話が、世界の運命を決めた。

そしてそれは、鳴神武人が想定した未来と寸分も違《たが》わぬものだった。

＊

七月一七日、午前零時四二分。

包帯に包まれ車椅子に座ったニミッツ……それ

でもなお、多数の兵たちに手伝われて、なんとか戦艦インディアナの艦橋にあがっている。

　インディアナは艦橋後部と煙突前部、そして中甲板下の艦中央部に大被害を受けている。幸いにも缶室と機関室にまで被害が及ばなかったため、速度の低下だけはまぬがれた。

　しかし大破判定には違いなく、本来なら旗艦を別の戦艦に移して戦いたいところだ。

　当然のことだが旗艦変更が検討されたものの、当の長官がこれではランチによる移動もできない。

　そこで仕方なく、フレッチャーのいる部隊の戦艦コロラドを仮旗艦にしての運用となった。

「日本艦隊からサイパン島の郵便局に、平文で電信が打たれました」

　横にいる軍医長と看護士が痛み止めの注射をしている。

　その状態でニミッツは、通信参謀から報告を受けた。

「敵艦隊はこちらに向かっていると、夕刻の航空索敵による報告を受けたが……どんな内容だ？」

　平文とは、暗号化されていないナマの電文のことだ。

　通常、作戦行動に移った艦隊は、よほどのことがないかぎり平文を打たない。

　日本海軍では違うかもしれないが、米海軍ではそう決められている。

「訓練中止につき艦隊への郵便配達を三、日、間、停、止、する……とのことです」

「三日？　現在の状況から考えると、一両日中には海戦が終了する。艦隊が全滅しない限り、二日後にはサイパン近海に戻ってこれるはずだ。それをわざわざ三日後まで延ばすということは、敵艦隊は一日ぶん、我々が退避するとみて追撃態勢に入っていることになるな」

信されたものだ。じつはこの電文、本当に連合艦隊側のミスで発
　本来はサイパンにある海軍基地へ暗号電を送り、そこからサイパン中央郵便局へ転送する決まりになっている。

　しかし平時の時は、郵便電信をサイパン郵便局と直に平文でやり取りしていたため、つい軍通達までサイパン郵便局へダイレクトに送ってしまったのである。

　もっとも連合艦隊側にしてみれば、追撃する予定がバレでも大勢に影響はない。

　米艦隊が逃げると困るため、どちらかといえば策略で平文打電を画策してもよかったくらいだ。そのため連合艦隊側では、たとえこの事に気づいても問題視されることはないだろう。

「作戦参謀！」

　しばし考え込んだニミッツは、強力な麻薬成分を含む痛み止め《モルヒネ》の影響で朦朧《もうろう》となりつつある意識をふるい立たせ、なんとか作戦参謀を呼ぶことに成功した。

「すまんが、これから言うことを参謀長に伝達してくれ。艦橋に上がったものの、どうにも頭が回らん。そこでフレッチャーに、作戦終了まで長官代理を任せる……それから、敵艦隊は今夜の夜戦の結果によっては、我々を明日夜あたりまで追撃する予定と思われるため、可能な限り今夜で決着をつけるよう作戦運用につとめてくれ。

　なお、万が一にも撤収しなければならない状況になったら、速度の出せる艦を優先して撤収させ、遅い艦は殿軍《しんがり》として退避する艦を掩護させろ……これは長官命令だから、私が責任を持つ。以上だ」

　命令を伝えるだけで、ニミッツは気力を使い果たした。

いま発した命令も、果たして正しいものかどうか、自分でも自信がなくなりつつある。

しかし何も命じないで長官権限を渡せば、フレッチャーを追いこむことになる。

そう考えて、せめて責任の所在だけは明確にしておくつもりだった。

「敵艦隊が進撃したことで、あと一時間以内に交戦海域に入る予定になっています。交戦直前になっての作戦運用の変更は混乱を来すと思いますが……それでも宜しいのですか？」

案の定、作戦参謀は確認を求めてきた。

「かまわん、伝えてくれ」

ニミッツは直感的に、なにか得体の知れない不安を感じていた。

理屈では負けるはずのない布陣なのだから、安心してフレッチャーに任せればいいはずなのに、なぜか不安を払拭できないのだ。

自分の体調も時間経過とともに悪化している。これもまた気弱になった原因なのかもしれない。

そこで、もしものことを考え、フレッチャーが責任を取らされるようなことのないよう布石を打ったのである。

ニミッツの意志が変わらないと見た作戦参謀は、足早に檣楼の一階下にある参謀室に向かった。

＊

三六分後……。

ふたたび長官権限を委譲されたフレッチャーは、総旗艦となった第7任務部隊の戦艦コロラド艦橋に設置されている長官席から、交戦前の最後の訓辞を発していた（長官席はもとから存在している）。

「栄誉あるこの戦いに参列した諸君の勇気に感謝

する。これより我々は、合衆国海軍史上最大の海戦に挑む。敵は日本の連合艦隊だ。けっしてヤワな相手ではない。今となっては、おそらく大英帝国海軍を抜き、世界第二位の大海軍となっているはずだ。

だから敵を軽んじず、味方の優位を信じつつも慢心せずに戦ってくれ。各任務部隊は三方に分かれ、作戦予定通り敵艦隊を包囲殲滅《せんめつ》する。この予定に変更はないが、敵の航空攻撃隊によって受けた被害のぶん、こちらの打撃力が低下しているのも事実だ。

場合によっては、少なからずの敵を討ち漏らすかもしれない。その場合、深追いはせず、各任務部隊の守備範囲を堅持しつつ朝を待て。おそらく夜明けと共に、またもや敵空母艦上機による雷爆撃が実施されるだろう。

当然我々も、対空戦闘モードで退避しなければならない。ただし……明日の日中いっぱいを敵の航空攻撃から逃げ回ってまで、明日夜の夜戦を待つメリットはない。

よって我々は、これから本日未明にかけて行なわれる夜戦にすべてを集中し、そののちは徹底してミッドウェイ方面への撤収に専念する。これが新たな作戦予定だ。各員、このことを肝に命じて奮闘してほしい。以上だ」

この訓辞は、まず第7任務部隊内に伝えられる。

そもそも予定されていた訓辞内容が所属各艦に配布されていて、実際には艦長が代行して読み上げることになっていたものだ。

しかし内容の一部が変更されたため、その部分のみ発光信号で他の所属艦に伝えられ、訓辞の時間となったので艦内主要部に伝達されたのである。

では、二〇キロほど離れている他の任務部隊にはどうするのか……。

ニミッツの部隊には、ニミッツの訓辞が伝えられる。スプルーアンスの部隊には、フレッチャーが事前に渡しておいた訓辞内容が水上機による通信筒連絡で伝えられているので、変更部分のみ暗号電信で伝えられた。

訓辞を終えたフレッチャーのもとへ、作戦参謀長に格上げされた第7任務部隊参謀長がやってきた。

「軽巡ホノルルを主軸とする前方警戒部隊を先行させましたので、そろそろ彼らが敵艦隊を発見する頃です」

ホノルルの現在位置は、米艦隊の右陣をつとめる第7任務部隊から見ると、真南方向三〇キロとなる。

三〇キロ進むには、現在の艦隊速度一六ノットだと一時間かかるが、夕刻の航空索敵により敵艦隊の速度が二五ノットと判明しているため、相対速度は四一ノットにもなる。

もし敵艦隊がそのままの速度で突っこんで来ているとすれば、軽巡ホノルルが接敵した場合、そのわずか二四分後には、フレッチャーのいる位置まで到達してしまう計算だ。

ただし敵艦隊は、右翼のフレッチャー部隊ではなく、あくまで中央のニミッツ部隊へ突入すると思われている。

つまり……。

参謀長は、接敵してから作戦行動を命じるのでは遅いと婉曲《えんきょく》に進言したのである。

「そうだな。三個任務部隊による包囲殲滅戦には変更がないにしても、被害艦のことを考慮すると、とくに雷撃を指導する立場の軽巡が役目を果たせない可能性が高い。そこで雷撃戦から被害軽巡を外し、指揮下にあった駆逐艦のみで実施するよう作戦を変更する。

主砲戦に関しては、被害を受けた戦艦の主砲のほとんどが健在だから、予定を変更するつもりはない。

基本的には、我が第7任務部隊とスプルーアンスの第8任務部隊は、逆行戦ですれ違いながらの片舷砲撃となる。中央のニミッツ長官指揮下の第4任務部隊は、敵艦隊の正面に立ち、敵艦隊を足止めしつつ前方へ砲撃、そののち敵艦隊の直前で左舷へ逆L字九〇度回頭し、敵先頭艦を右舷砲撃により集中撃破する。

そののち第4任務部隊はふたたび左舷九〇度回頭し、敵艦隊の鼻先を牽制しつつ退避行動にうつる。

敵艦隊がこれに食い付いて追撃すれば、我々と第8任務部隊が一八〇度回頭して追尾状態になり、敵艦隊後方から砲撃を浴びせかける。最後は第4任務部隊がふたたび回頭して、完全に敵艦隊を包囲しつつ中距離主砲戦と雷撃戦を同時に実施する。

これを午前四時まで行ない、その後は結果に関わらず、早朝の敵航空攻撃を避けるため一時退避となる。

基本的に水上打撃戦は今夜限りだ。わずか三時間あまりの短い夜戦だが、徹底してやる。これまた予定通りだから、各任務部隊には、すべて予定通りに実施するとだけ伝えてくれ」

フレッチャーのいる戦艦コロラドは、奇跡的に無傷だ。

そのため志気もまったく低下していない。

それが吉と出るか凶と出るか……。

「ホノルルより緊急打電！　敵艦隊は主力部隊を先頭に、二個艦隊が直列になって高速で突入してきた。現在、敵艦隊の西側へ退避した我が部隊の横を、牽制砲撃しつつ驀進《ばくしん》中。味方主力艦は、あと一〇分強で敵戦艦の主砲射程に入る模様。充分に注意されたし！　以上です!!」

たった今、戦いのゴングが鳴り響いた。

「全艦、砲雷撃戦用意。他の任務部隊にも緊急通達。これより全部隊を用いての夜戦を決行する。各員、奮闘を期待する。以上だ！」

この時のフレッチャーは、まだ合衆国海軍の圧倒的優位を信じていた。

戦争理論のひとつに、『ランチェスターの法則』というものがある。

これは海軍士官学校でも最初の頃に学ぶ基本的なもので、詳しくは一次法則と二次法則があるが、フレッチャーがより重要視しているのは二次法則のほうだ。

二次法則によれば、戦闘開始時の砲門数の差は、戦闘結果に『二乗の差』となって現われるという。

これによれば、圧倒的に戦艦砲門数の多い米部隊は、戦艦数の比率よりさらに優位な立場にあり、間違っても負けることがない……そう導かれる。

だが、実際の戦争では理論通りにはならない。

ランチェスターの法則は、あくまで敵と味方の兵員数や砲門数、機数その他、数の優劣のみで判定するものであり、個々の性能差や周辺技術の差、兵員の技量の差などはまったく同じと仮定しているからだ。

当然、それらは違う。

しかもフレッチャー側には申しわけないことに、現在の日本海軍は、鳴神武人の影響により、砲門数以外のすべてが圧倒的に日本優位なのだ。

「第二通信室より連絡。敵艦隊から猛烈な電波放射が、短い間隔で断続的に行なわれているとのことです。第二通信主任の見解では、おそらくレーダー波と思われるそうですが、肝心の周波数が超短波より短い周波数らしく把握不能とのことです！」

通信参謀が、通信室と繋がっている艦内電話から戻ってきた。

第二通信室と名前がついているが、実際には海軍主力艦に採用されたばかりのレーダーを担当する部門である。

合衆国海軍では、英国からの支援を受けて、ようやく今年の春に最初の対空／水上兼用レーダー（SA型）を一部の主力艦に搭載したばかりだった。

フレッチャーの部隊では、旗艦のコロラドとウエストバージニアの二艦のみが搭載している。他の部隊も同様で、所属戦艦の一隻もしくは二隻にのみ搭載されている。

しかしSA型はPバンド（波長一五〇センチ／二〇〇メガヘルツ）の超短波を使用しているため、現在の日本軍が使用している波長五センチ以下のパラボラ式レーダーの電波を直接感知できない。

ただし倍数波と呼ばれる数字の2で掛けたり割ったりした周波数には、かなり強烈な輻射波が発生するため、それなら妨害電波として感知できるのである。

「敵艦隊もレーダーを装備しているのか!?　となると今回の夜戦は、レーダーによって双方ともに位置の特定が可能になるな。それで……我が方のレーダーでは、敵艦隊を捉えているのだろうな？」

「それが……いま報告した雑音のような妨害で、かなりレーダー感度が落ちているようで、断続的にしか判明しないそうです。実際には二個艦隊いるはずですが、レーダーでは一個の前後に長い反応としてしか捉えられていません！」

その時、艦橋伝音管に噛《かじ》りついていた連絡武官が、大声で叫んだ。

「上部水上監視所より緊急連絡！　左舷前方、おおよそ二〇キロ付近に、主砲と思われる発砲炎を多数発見！」

「射って来ただと？　しかも初撃から多数発射など、砲撃の初歩すら忘れたか!?」

夜戦で砲撃を実施する場合、射った砲弾がどこに飛んでいくか確認するため、最初の射撃で測距(距離の測定)を行なう。

そのためには敵艦隊の位置を視認しなければならないが、どうやら日本艦隊は、レーダーで確認した米艦隊の位置にむけて闇雲に発射したようだ。

そう思ったフレッチャーは、日本海軍の練度の低さを小さく笑った。

だが……。

それが大きな間違いだったことを知るのに、僅《わず》か数秒しかかからなかった。

――ドドッ！

いきなりコロラドの左舷真横と右舷真横、距離八〇メートル付近に巨大な水柱が巻きおこった。

「至近弾！　いきなり夾叉されました！　水柱の規模から、おそらく四〇センチ戦艦主砲弾と思われます!!」

二発同時の着弾だから、相手は四〇センチ主砲を二連装していて、それを同時に射ってきたことになる。

日本の四〇センチ砲搭載艦は、長門型のみのはず……。

開戦前に完成したという最新鋭艦も、おそらく四〇センチのはずだから、合計で三隻いるうちの一隻が狙ってきたのだろう。

そう考えたフレッチャーだったが、日本の第一打撃艦隊の戦艦部隊で先頭に位置しているのは大和のため、おそらく射ってきたのは後方にいる第二打撃艦隊の先頭艦『長門』だろう。

長門と陸奥は四〇センチ主砲を二連装している。

対する大和は四六センチ主砲を三連装している。

だが、なぜか大和は、まだ射っていない。

その理由は、数分後に判明した。

——ドガッ!

聞いたことのない大音響が、右舷後方の海上から聞こえてきた。

その位置には、戦艦四方陣の右後方を担当しているテネシーがいるはずだ。

「何が起こった!?」

思わず艦橋右舷にいる水上観測員に問いかける。

「戦艦テネシーに直撃弾です! 前部砲塔もしくは艦橋付近が炎上中!! 艦速、落ちています。あっ! 艦隊から脱落します!!」

たった一撃で戦艦の足を止めた。

たとえ四〇センチ主砲徹甲弾でも、そのような芸当はできない。

可能なのは四〇センチ以上の砲弾のみだ。

「なにが起こっている……」

テネシーは、正面からぶっ叩かれて半身不随に陥った。

しかも上空から降ってくる高弾道弾ではなく、ほぼ直射に近い低弾道弾だ。

自分の理解を超えた現象にぶち当たり、フレッチャーは速やかに混乱してしまった。

そう……。

射ったのは大和である。

距離一八キロからの低弾道射撃だった。

これまでの海軍常識では、夜戦では探照灯などで照らせる距離でなければ、狙って当てるのは無理とさえ言われている。

それを中距離の一八キロで狙って来た。

しかも当てた。

それはフレッチャーにとり、魔法でも使われたとしか思えない状況だった。

その通り、それは現代の魔法である。

　大和以下の作戦に参加している戦艦と重巡には、個艦用だが主砲測距レーダーが搭載されている。

　実際には『主砲射撃管制レーダー』とでも言うべき性能を持っていて、ただ単に『主砲射撃統制装置と電子的に連動していない』という理由で測距レーダーと呼ばれているにすぎない。

　短い周波数のレーダーは、艦隊にいる個々の艦の位置を見事に浮かびあがらせる。

　しかも反射波のドップラー効果を利用し、彼我の距離までトランジスタ式簡易計算機で算定してしまう。

　あとは艦橋トップにある主砲指揮所にそのデータを伝えれば、まことに精密な射撃指示が各主砲塔へ伝えられるのだ。

　――ドガガッ!!

　先ほどとは比較にならない轟音と衝撃。

　長官席に座っていたフレッチャーの眼前が、一瞬、真っ赤に染まる。

「第一砲塔に直撃！　砲塔が吹き飛んだ模様!!」

　着弾したのが第一砲塔だったため、かろうじて艦橋への損傷はまぬがれた。

　しかし、戦艦コロラドは四〇センチ搭載艦だ。

　当然、砲塔前盾は中距離からの四〇センチ主砲弾をはね返す性能が与えられているはず。

　それを簡単に吹き飛ばした以上、敵の主砲が四〇センチであるはずがない。

　そこに考えが至ったフレッチャーは、恐れを抱いた声で呟いた。

「四二センチ？　いや、四四……四六センチ？　敵にバケモノがいる！」

　大いに恐怖したフレッチャーだが、それ以上の恐怖は襲ってこなかった。

　なぜなら大和が、目標をフレッチャーの部隊から、中央のニミッツ部隊へ移したからである。

それでもなお、伊勢／日向／扶桑／山城の四隻は、引きつづきフレッチャー部隊へ砲弾を浴びせている。

対する米艦隊は、連合艦隊の主砲発射炎を頼りに、曖昧な測距で応射するしかなかった。

＊

「左舷前方二〇キロの敵艦隊、旗艦とおぼしき戦艦に直撃！」

測距レーダーにより、敵艦の位置は個々で判明している。

そして米艦隊が採用している陣形にそれを当てはめれば、どれが戦艦でどれが護衛用の艦かもある程度は判別できる。とくに中央部で四方陣を形勢していれば、その左前方にいる艦が部隊旗艦であることは事前の情報でも判明していた。

報告の声が響いたのは大和艦橋ではない。せまい主砲塔内に設置されたＣＩＣの中だ。

「大和の目標を変更。正面の敵主力と思われる部隊を叩け。残りの第一打撃艦隊所属戦艦は、現状の目標を撃破せよ。、第二打撃艦隊は、引きつづき右舷を通過中の敵艦隊に集中せよ」

命令を終えた山本五十六の横に、宇垣纏参謀長がやってきた。

「突入中の第一／第二／第四／第五水雷戦隊から、相次いで音声入電しました。我、これより雷撃を決行す……どうも音声通信になってから、無駄口が増えたようです」

突入する意気込みを伝えてきたのだろうが、堅物の宇垣には余計な事のように感じているらしい。

「そう言うな。なにしろ日本海海戦以来の砲雷撃戦だ。勇むのも無理はない」

夜戦といえば、戦艦主砲がモノを言うように思えるが、実際に大打撃を与えられるのは雷撃である。

令和世界に伝わる第二次大戦中の雷撃戦は、各種技術力の稚拙さからか、あまり戦果を上げているようには思えない場合もあった。

しかし鳴神武人がもたらした画期的な技術革新は、肉薄戦闘を行なう駆逐艦の雷撃を比較にならないほど命中撃破させることに成功したのだ。

すなわち……簡易追尾魚雷の実戦投入と、二段式起爆による舷側装甲貫通能力の大幅な増大である。

もともと肉薄して狙い射つ魚雷なのに、射った後もある程度の進路を自分で変更して敵艦に向かうのだから、命中率は格段に向上する。

さらには命中した場合、まず成形炸薬が起爆し、敵装甲に小さな穴をあける。その穴に魚雷前部が食い込んだ段階で高性能爆薬が起爆するのだから、穴を開けられた装甲は本来の防御能力を発揮することなく貫通されてしまう。

この方式は、令和世界の魚雷や対艦ミサイルでは珍しくないものだが、昭和世界ではダントツで史上初となる秘密兵器であった。

「各水雷戦隊、順調に敵大型艦から屠《ほふ》りつつあるそうです。音声による戦果報告で、第一通信室は大混乱だそうで、少し音声無線を規制する必要があるかと」

「うーむ……ならば戦果報告は撤収後に行なうよう長官命令を出そう。あまり締めつけると志気に響く。可能な部分では容認してやりたい」

長官は甘い。

そう言いたげな宇垣だったが、反論することなく通信参謀へ伝える。

「味方艦に被害は？」

思いだしたように、山本が聞いた。

宇垣は側を離れているので、代わりに作戦参謀が応える。

「日向が一発、おそらくまぐれで、右舷前部甲板に三六センチ砲弾を食らいました。内部の兵員室などは破損しましたが、喫水上の被弾のため速度低下はなし。火災も食い止めましたので、これ以上の被害拡大はない模様です。

なお、敵の駆逐艦が突入してきましたが、いずれも味方駆逐隊と護衛の巡洋艦で食い止め、戦艦に被害は出ていません」

「先の話になるが……小松輝久《こまつてるひさ》中将の第二潜水艦隊は、いまも予定の位置で待機しているのか？」

「すべて作戦予定通りですので、おそらくそのままかと。なにせ潜水艦部隊ですので、作戦行動中は一切の連絡を断つことになっています。連絡がないということは、すなわち作戦通りと解釈するしかありません」

「あ、いや、それでいい。彼らには残敵掃討という重要な任務が与えられている。しかも我々の追撃がやりやすくなるよう、敵の足を止める役目も担っている。我々は、小松が待ち構えるウェーク島南方海上まで、敵艦隊を追いこめばいい。それですべてが終わる……」

まだ砲雷撃戦の最中《さなか》というのに、山本の言葉はもう終わったかのようだ。

それだけ生まれ変わった日本軍、とくに自分の指揮下にある連合艦隊に対する信頼が厚い証拠だった。

「だが、まだ気は抜けぬ。一隻でも多くの敵艦を沈め、合衆国政府と市民を絶望と恐怖の底へ叩き込むのだ！」

今回の日本は、合衆国から戦争をふっ掛けられた状況になっている。

　ということは、こちらから戦争終結のための打開策を提案しない限り、合衆国側からはなかなか講和の話は持ち上がらないはず……。

　もちろん、日本が提案する場合は、日本に有利な条件でなければならない。

　鳴神武人によれば、日本が『戦勝国』と呼ばれるようになるくらい有利でないと、のちの世に災いが降りかかるという。

　ならば現場の司令長官としては、なんとしてもその条件に合う土台を作りあげねばならない。

　ただ勝つだけではない。

　どう勝つかが重要なのだ。

　いまの山本の脳裏には、そのことが大きな渦となって駆け巡っていた。

＊

　七月一七日、午前八時四二分。すべての作戦が終了した。

「これをもって旭日作戦を終了する。被害のない艦は漂流中の敵乗員を救助し、後顧《こうこ》の憂《うれ》いなきよう任務を果たして欲しい。それが終われば、晴れてサイパン沖に戻れる。陸海合同の別動部隊が行なっているグアム侵攻作戦が終了するまでは、一部の艦はマリアナ海域に残留せざるを得ないが、それもそう遠くないうちに日本本土へ戻れるだろう。

　ともかく諸君、良くやってくれた！　これで当面、太平洋の合衆国海軍は半身不随だ。その間に我々は、粛々と次の目標を攻略する。その皮切りの作戦に我々は勝利したのだ！」

山本五十六の肉声が、すべての艦の艦内スピーカーに流れている。

しかも実況中継《リアルタイム》だ。

戦艦大和ＣＩＣで発せられた山本の声が、大和艦橋上部にある九九式甲型艦隊無線電話の全方向アンテナにより発信され、それを受信した各艦通信室が艦内放送のラインに載せて伝達しているのである。

「戦闘終了命令により、ＣＩＣ室を通常任務に移行させます。ＧＦ司令部および参謀部におかれては、まもなく開かれる戦果検討会議のため、艦内会議室へ移動願います」

戦闘時以外のＣＩＣ室の責任者となっている戦闘参謀が、居並ぶ面々を前に大声で依頼を発した。

「すまんが喉が乾いた。会議室では、コーヒーのほかに水も用意しておいてくれ」

艦務参謀に囁《ささや》いた山本は、ようやく長官席から腰を上げる。

かくして……海戦は終了した。

正確な戦果と被害はこの後の会議で確定するが、いまでも大雑把な戦闘結果ならわかっている。

それらは夜明けになって行なわれた空母攻撃隊による駄目押しと、最後のトドメを刺した別動隊――小松輝久中将ひきいる第二潜水艦隊の攻撃隊二〇隻により、ほぼ正確なものが連絡されてきたからだ。

それらによると、大まかには次のようになっている。


【合衆国海軍の被害】

『沈没』には航行不能で自沈させられた艦も含まれている。

駆逐艦は不明な部分が多いため後日判定。小破は省略。

沈没　戦艦　インディアナ／ワシントン／ミシシッピー
　　　空母　ワスプ／エンタープライズ／レキシントン
　　　重巡　クインシー／サンフランシスコ／ペンサコラ
　　　軽巡　クリーブランド／サンファン／ヘレナ／ホノルル／メンフィス
大破　戦艦　ウエストバージニア／テネシー／ニューメキシコ／アリゾナ
　　　空母　ホーネット
　　　重巡　ジュノー／アストリア／インディアナポリス
　　　軽巡　ジュノー／ラーレイ

【日本国海軍の被害】
沈没　軽巡　天龍
大破　戦艦　日向
　　　重巡　鳥海
　　　軽巡　神通

結果を見れば明らかだが、絵に描いたような日本海軍の圧勝である。

たった一度の海戦で、合衆国は手持ちの戦艦三隻を失い、四隻を当分のあいだ可動不能にされた。それでも令和世界の史実にある『真珠湾攻撃』で沈めた戦艦四隻より一隻少ないのだから、仕掛け人の鳴神武人は満足しないだろう。

しかし空母に目をやると、真珠湾に空母はいなかったから撃沈ゼロだったのに対し、こちらは三隻を撃沈、一隻を大破させている。これにより当面は、太平洋における稼動可能な米空母は存在しなくなった。

　おそらく合衆国は、空母の大量喪失をたいして重視しないはずだ。

　どちらかといえば、艦隊防空も満足にできないうちに沈められたため、空母不用論が再燃する恐れすらある。

　たしかに海戦の経緯を見ると、日本の空母艦上機によって沈められた戦艦は、たった一隻しかいない。他の二隻は、いずれも夜戦において砲雷撃を受け大破漂流していたものを、最終的に小松輝久中将ひきいる第二潜水艦隊が沈めたものだ。

　沈んだ空母三隻は、たしかに空母艦上機による戦果である。

　となれば合衆国政府や軍上層部は、空母は空母を沈めるのには有効だが、ただそれだけの存在だと受け止める。

　たしかに航空攻撃隊は、海戦を前にした戦艦部隊を、ある程度は疲弊させることに成功している。

　しかし、そのために大型空母を大量建艦するくらいなら、少しでも多くの戦艦を建造したほうがメリットがある……そう考えるはずだ。

　いや……。

　そう考えてもらわないと、日本側としては困ったことになる。

　なにしろ今回の作戦における航空攻撃隊は、あえて戦艦を沈めないよう事前に画策していたからだ（もちろん可能な限り大破させることには邁進《まいしん》している）。

　鳴神武人は『旭日作戦』の立案時に、空母だけは絶対に沈めるよう軍務省に最大級の圧力をかけた経緯がある。

　その圧力とは『陛下の御意向』である。

その結果、米空母を最優先に攻撃するプランが造られ、その通りに実行された。

そのような状況で空母ホーネットのみが大破で生き残ったのは、たまたまの偶然でしかない。

ホーネットは生き残ったものの、飛行甲板の大規模な欠損と大破をくらい、左舷に四発の魚雷を受けて缶室浸水までしている。のちに判明したことだが、米海軍はハワイでホーネットを補修するのに半年を要したらしい。

もっともこれは、空母の補修優先度が低かったため、戦艦より後回しになったせいもあるが……。

ともかく米海軍は、大西洋から空母を回さない限り、これから半年間ものあいだ、太平洋では空母ゼロのまま戦わねばならなくなった。

これこそが日本海軍がもっとも望んでいたことであり、その目的は完全に達成されたといって良い。

ともあれ……。

これで戦争が終わったわけではない。

それどころか、これは鳴神武人が夢想する、『日本勝利』のための第一歩でしかないのだ。

令和世界では敗北に終わった太平洋での戦い……。

それをくつがえすため鳴神はやってきた。

そして昭和世界の歴史は、間違いなく新たな第一歩を刻んだ。

これから語られる新たな歴史は、まさに今の日本がゼロから作りあげるものだ。

その先にまったく新しい二一世紀が訪れるかどうかは、今日始まったばかりの戦争にかかっている。

果たして日本は、たった一人の男がもたらした変革で、第二次世界大戦に勝利することができるのだろうか。

すべては鳴神武人と、彼を信じる者たちの動きに掛かっている。

この記録は、それら憂国の志士たちの奮闘を綴《つづ》った物語なのである。

第一章　帝立未来研究所、発足！

一

一九三三年（昭和八年）　皇居地下壕

「僕の言ったこと、きちんと理解できてますか？」

自分を見ている兵士の集団に声をかける鳴神武人。

うんざりした口調だ。

額を隠すように垂れているストレートの黒髪、細身のメタルフレーム眼鏡をかけている。痩身で見るからにひ弱そうだが、睨みつける目だけは大胆不敵に輝いている。

全体的には神経質な雰囲気を隠しておらず、兵士たちから見れば、どこかの文士の家に居候《いそうろう》している書生かなにかに見えているはずだ。

鳴神の前方五メートル、そこに九二式重機関銃が据えられている。

昭和七年に制式採用されたばかりの最新兵器だ。

「我々は宮城《きゅうじょう》を警護している第一近衛師団である。そこから出てこないのなら射つ！」

宮城……これは宮城県のことではない。

明治二一年から昭和二三年まで使われた呼び名で『皇居』のことだ。

銃口の先をたどるとマンションの窓枠がある。

ベランダ側のアルミサッシを開けている関係で、兵士たちから見れば部屋にいる鳴神武人が丸見えになっているはずだ。

武人は座ったまま、ふたたび口を開く。

「そっちに行ったら捕まえるんでしょ?」

もう飽きたといった感じで指揮官らしい士官を見る。

機関銃に狙われているというのに、まったく動じていない。

「黙れ! 貴様……宮城内に無断で立ちいっておるだけでも死罪にまさる大罪であるぞ。問答無用、捕縛して尋問する。さからえば即刻射殺する。いいな!」

「だ〜か〜ら〜。皇居の偉い人……えーと、そう……侍従長とかいう人を連れてくれれば、僕が悪人じゃなくて、それどころか日本国の未来にものすごい影響を与えるキャラってわかるんですけどねー」

「問答無用、射て!」

——ズドドドドッ!

躊躇なく重機関銃が発射された。

威嚇ではない。

本気で武人をねらって射っている。

「…………!」

兵士たちが、ぽかんと口を開けている。

命令した士官も棒立ちだ。

「……う、うおっ!」

鳴神武人の前。

なにもない空中に、一〇発ほどの機関銃弾が停止している。

弾頭部がつぶれていないから、なにかに当たって止まったのではない。

弾丸は物理法則を無視し、静かに空中で止まっている。

「だから言ったじゃないですかー。そっちとこっちじゃ時空がちがうって」

そういうと鳴神はサッシに手をかけ、無造作に閉める。

サッシが完全に閉まった瞬間、ガラスのむこうにある弾丸がバラバラと落ちた。

兵士たちから見ると、ガラスの反対側にいるはずの鳴神が見えなくなったはずだ。

それどころかサッシ自体がかき消すようになくなり、朽ちかけたコンクリートの壁に変化しているはず。

これは武人から見ても同じ。

マンションの部屋から見える景色は、閉める前とはまったく別物に変わっている。

戸を締めた瞬間、兵士も機関銃も、まるで手品でも見ているようにかき消えた。

いま見えている景色は、これまで飽きるほど見てきた、マンション四階からの東京の風景……。

令和の時代になってウイルスのパンデミックまで起こったため、外出している人影はすくない。


ふたたびアルミサッシを開く。

景色が消え、魔法のように機関銃を構えた兵士たちが現われる。

「このサッシ……引き戸が、時空間をつなぐゲートになってるんですよ。これを閉めると、そっちとこっちの時空連結が遮断されます。それから、この部屋は時空の狭間……亜空間に存在してますから、そっちの世界からの影響は完全にシャットアウトされます」

「……ええい、またぞろ訳のわからん事を！」

指揮官の男は、いまだに現状を認識できていないらしい。

先ほどからイラついたセリフばかりを吐いている。

しかし、ついに根負けしたのか部下の一人に声をかけた。

「このままでは埒《らち》があかん。おい、貴様！」

となりにいる若い兵士を呼びつける。

「貴様に伝令を命じる。近衛師団司令部に連絡して、鈴木貫太郎侍従長閣下に、宮城内で深刻な問題が発生した、そこで閣下に大至急、こちらへお越しいただけないかとお伝えしろ。俺が嘆願している……そう念を押せ！」

この男、近衛師団内では、かなりの権限をもっているようだ。

「良いのですか？」

隊長がプライドを捨てて嘆願すると聞いた部下が、「本気か？」といった顔になっている。

「俺は……島崎聯太郎《しまざきれんたろう》は、蒲田弥彦《かまたやひこ》近衛師団長付きの軍警武官である。宮城内の安全を確保するための警務部隊……特別宮城警備隊をひきいる隊長だぞ!?　こうして宮城内に異常が発生しているのだから、最優先すべきは陛下の御身であろうが。陛下の御前には、俺の都合なんぞ無にひとしい。だから最優先事項だ、さっさと行けっ!!」

島崎は堅物の指揮官だが、忠誠心は飛びぬけてあるらしい。

だから部下もすなおに従う。

「はっ！　ただちに!!」

命じられた兵は直立不動の姿勢で敬礼すると、ただちに走りだした。

＊

一九三三年……昭和八年二月のある日。

ここは皇居の吹上《ふきあげ》御所から北北東一〇〇メートル……皇居内にある地主山裏手の林内だ。

天皇陛下と奈良武次《ならたけじ》侍従武官長（中将）は、宮城内の小道を散策していた。

葉を落とし枝だけになった木々。

ぱきゅっと柔らかい音をたてて、大きな霜柱が踏み潰される。

　厳冬の朝だけに、陛下も奈良も白い息を吐いている。

　散策は陛下が望まれたものだ。

「奈良、あれはなにか？」

　陛下が指さす方向には小高い丘がある。

　いつもの見慣れた風景。

　朝の散策では、ここから地主山の南側をまわって大滝へむかい、そこからぐるりと地主山の北を迂回して吹上御所へもどるのが通例になっている。

「はい？」

　陛下が珍しい冬鳥でも見つけられたか……。

　そう思った奈良だったが、よく見るとありえないモノがあった。

「地下室の扉のようですな」

　奈良が見たものは、分厚いコンクリートで固められた壁面にある、錆だらけの鉄扉だった。

　場所的には地主山の南面にあたる。

「しかし……あのような場所に地下室があるなど聞いておりません。しかもあの扉、相当に古いようです。もしかすると明治の後期か大正初期に打ち捨てられた施設かなにかが、覆《おお》っていた土が崩落して現われたのでしょうか？」

「中に何があるか気になる」

　皇居内は変化にとぼしい。

　そこに明らかな異変を見つけた陛下は、いたく気になされている様子だ。

　扉とコンクリート壁は見るからに古く、近年に造られたものではない。

　奈良は、これまで何度もここに来ている。

　だが、そのようなものは記憶になかった。

　それは陛下も同じ思いのようで、異常なほど興味を示されている。

「あとで近衛師団か皇宮警察に調べさせましょう。

なにかあると大変ですので、すぐ御所へお戻りあそばせられるべきと御注進いたします。事のしだいが判明いたしましたら、そのつど上申いたしますので、ここは……」

「うむ」

それきり会話はとだえ、二人は足ばやに吹上御所へもどっていく。

せっかくの散策を中断することになったが、まだ即位なされて八年にしかならない若い陛下は、皇居内に出現したミステリー物件に興味深々である。

それから二時間後……。

島崎聯太郎大尉ひきいる特別宮城警備隊が、マンションの部屋に住んでいる鳴神武人と対面することになったのである。

＊

西暦二〇二〇年をすぎた頃。

一人の大学生……鳴神武人は、自身の予想に反して就職活動に失敗した。

鳴神は、かなりレベルの高い私立大学理学部工学科の四年に在籍していた。だが、例のウイルス・パンデミックにともなう企業の自粛により、内定取り消しの憂き目にあったのだ。

自分だけの取り消しならクレームもつけられるが、内定をもらった全員一括ともなると、もはやどうしようもない。

しかも、この手の話はあちこちで囁かれはじめている。

世間も『時期が悪すぎる。あきらめろ』といった感じでフォローしてくれない。

結果……就職浪人が決定してしまった。

その後、在学中に参加していた『電脳無線同好会』の先輩にツテをたのみ、なんとか自宅でＩＴ関連企業からプログラム製作のバイトを受けることができた。

ただしバイトを完璧にこなしても、その企業に正社員として就職できる可能性はゼロだと釘を刺されている。どうやら派遣社員のかわりに雇われただけのようだ。

内定さえ取り消されなければ……。

そう思うと口惜しさがつのり、やがて中途半端な引きこもり状態になってしまった。

就職する大前提で転居した、真新しいワンルーム・マンション。

給料で家賃を払うつもりだったから、かなり無理している。

このままだと、学生時代にバイトでためた資金も半年くらいで底をつく。

しかし引きこもり状態ではどうしようもない。

大きめの冷凍冷蔵庫があるため買いだめできるものの、生鮮食品などは定期的に購入しなければならず、そのための外出が一番の苦痛になっていた。

そうこうしているうちに、鳴神の胸中にひとつの思いが高まってきた。

『ここまで自分が苦労するのは、なにか根本的に日本の社会が間違っているせいじゃないのか？　ウイルスはたんに社会の暗部を解放するトリガーでしかなく、根本原因は別にあるんじゃないか？』

ふつうに考えれば、まったく八つ当たりにちかい責任転嫁だ。

しかし引きこもりでネットの情報にどっぷり浸かっていると、どうしても自己中心的な考えに陥ってしまう。

　このような状況でも、海外では日本とちがい、あいかわらず実力主義のまま。

　ウイルス関連や人種問題で荒れている合衆国ですら、個人が自分の能力を使ってのし上がる仕組みは健在だ。ほかの国も、幾多の困難をはねのけ順調に国力を増大している。

　なのに日本だけが、まるでしぼんでいく風船のように、じりじりと衰退の道を歩んでいる……。

　この部分の武人の認識は正しい。

　しかし、そのあとが偏向している。

『日本は近隣諸国からの武力による脅迫をうけて恐々としている。同盟国の合衆国ですら、日本から金をむしり取るため無理難題を吹っかけている。まるで日本は、ヤクザにたかられた成金親父みたいだ。

　かつては世界を牛耳るヤクザ――アメリカ合衆国の庇護下で金持ちになれた甘い過去があるだけに、いまさら手を切ることもできない。ずるずると金と国力をむしり取られる状態……それが今の日本じゃないか！』

　鳴神は毎日、頭が痛くなるほど考え続けた。

　やがて怨念《おんねん》にちかい情念にまで、それらを重積させていった。

　そしてある日。

　自分が強く念じた『どこか自由になれる場所に行きたい』という思いに、なにかが答えた。

　ふと気づくと鳴神は、富士山麓の樹海にある風穴入口に立っていた。

　数秒前まで自宅にいた……。

　まず自分が自殺を考えたことに驚き、その次に瞬間移動したことに驚愕した。無意識のうちに、時空を飛び越える『ゲート』を展開し、その中へ入っていたのだ。

ふつうの精神状態で理系脳の持主なら、なにが起こったのか原因究明に走るところだが、武人は追い詰められていて、別のことに思考が行ってしまった。

ここで自殺なんかしたら、負け犬のまま世の中から消えるだけだ。

自分が悪いわけじゃないのに、なんで自滅しなきゃならない……。

自滅するくらいなら、自滅覚悟で世の中を変えてやる。自宅から青木ケ原樹海まで転移したのは事実だ。自分は転移能力を得た。ならば、この力を使う！

そう考え、自分に起こった異変を丸のみに受け入れたのだ。

さいわいにも、ポケットに入れていた免許証入れにキャッシュカードがあった。

スマホの電子マネーも、ある程度は残っている。

それを使い、なんとか自宅へもどることができた。

帰ってしばらく、自分の身に何が起こったか真剣に考えた。

武人は理系の頭脳をもっている。理学部工学科で学んだ知識と分析力もある。

それらを総動員して熟考し、何度か実際に実験を行なった結果、自分は時空間を操る能力を手にいれたと結論するに至った。

ただし実験の結果、無条件に操《あやつ》れるわけではないことも判明している。

べつの場所に瞬間移動できる『空間転移』はかなり自由に使える。だが、別時空への転移や時空障壁を突破する方法については、かなり制限があった。

それらを何度もテストするうちに……。

鳴神の胸中に、とある野望が芽生えはじめた。

『隣接する時空に存在する平行世界の日本――武人の世界の歴史にある昭和初期にそっくりな大日本帝国を改造することで歴史の大改変をおこない、その世界の未来を力ずくで自分好みに変えてやる！

　二一世紀にもなって太平洋戦争の尻拭《しりぬぐ》いをさせられる日本、そんなクズのような国になどしない。大日本帝国と日本国の良い部分だけチョイスした真の日本国を、自分の手で作りあげてやる！』

　鳴神の超常的な能力は、時空を操ることだ。

　その能力をつかい、自分のマンションの部屋を丸ごと、平行世界にある一九三三年（昭和八年）の皇居内と連結させる。

　目的は、天皇陛下を巻きこみ、皇居に秘密の国家改造機関を作りあげること……。

　時空転移はタイムトラベルではない。

　むこうの世界は、武人の属している令和日本の過去ではない。

　きわめて似ている世界だが、まったく別の世界だ。このことは事前に行なった実験で判明している。

　だから武人は、あくまで隣りの時空を改造するだけだ。

　昭和世界――別時空の日本で歴史を改変しても、令和世界――現代日本が変わるわけではない。

　それでも鳴神は、理系脳にありがちな、実験に異常な情熱をそそぐ自分を止められなかった。

　――自分の全身全霊をもって昭和世界の大日本帝国を改変し、その後に出現する未来国家日本を見てみたい。

　本来なら現代日本で発揮されるはずだった鳴神の異常な才能が、まったく別の時空で生かされることになった瞬間だった。

＊

鳴神武人が昭和世界への扉をひらいて九ヵ月がすぎた。

「ようやくここも、活動拠点としての体裁が整いましたね」

二人の侍従長……。

奈良武次侍従武官長と鈴木《すずき》貫太郎《かんたろう》侍従長が、四角い大テーブルをはさみ、鳴神武人と対面している。

ここは令和世界で『吹上御文庫付属室』と呼ばれていた地下施設だ。

武人からみれば、いまいる会議室は一〇〇年ほど前に天皇陛下列席のもと、日本の運命が決められた場所でもある。

文庫付属室というより、『大本営地下会議室（いわゆる【御前会議】が行なわれた場所）』と言ったほうがわかりやすいかもしれない。なにしろ昭和一六年から一七年にかけて建設された、耐爆性能をもつ地下壕施設なのだ。

ただし令和世界ではボロボロの廃墟と化していた。

それを武人は、自分の能力をフルにつかい、丸ごと昭和世界に転移させたのだ。

もっとも……時空を越えて転移させても廃墟が新しくなるわけではない。そこで九ヵ月かけて徹底的に修復したのが現在の姿である。

「それもこれも鳴神殿が、だれも反論できない絶対的な証拠を提示した結果ですな。あの映像を見せられたら、我々としては納得するしかない。陛下もその後に御上覧になられ、間違いなくあれは自分であると御聖旨《せいし》をいただいておる。だからこそ、いまのこの状況がある」

奈良武官長が緊張のあまり、ふき出た額の汗をハンカチでぬぐう。

会議室が暑いわけではない。

いまは一一月だし、地下壕の各部屋には令和世界の最新型エアコンが取りつけられているから、湿気なども完全に管理されている。

もっとも、令和世界から昭和世界へ持ちこめる品は、武人のマンションの玄関扉とベランダのアルミサッシの両方をくぐりぬけられるサイズと重量に限られている。

しかも武人が手をそえていないと時空障壁をぬけられないため、どうしても武人が抱えられる重さに限られる（武人を介した受け渡しは可能）。

ちなみに、何度ためしても生物は移動させられなかった。

つまり人間は、武人以外だれも行き来できない……。


「あれには私も驚きました。最初は私も不敬罪だと憤慨したものですが、見ているうちに、事実を事実として認めさせるには最適の手段だと理解しました」

鈴木侍従長のほうは、いたって落ち着いている。

二人が話題にあげているのは、九ヵ月前に鳴神武人が見せた映像のことだ。

その日二人は、開けられたサッシごしに武人が見せた四〇インチ液晶ディスプレイの映像――レンタルショップで借りてきたＤＶＤ『昭和天皇の足跡――明治三四年の生誕から昭和六四年の崩御まで』を見せられたのである。

このうち昭和八年までの映像は、二人もよく知っていた。

一般には公開されない報道映像（この時代だと映画ニュース用の原本映像）も、二人なら見ることができたからだ。

だが、見せられた映像には続きがあった。

今年の一二月に皇太子殿下が生まれて喜ぶ巷《ちまた》の映像や、来年の四月に満州国皇帝の溥儀《ふぎ》が日本を公式訪問する映像、溥儀を東京駅で迎える天皇陛下の動画を見せられれば、いやでも武人が未来人であると信じるしかない。

今年といえば、三月に日本は国際連盟を脱退した。

映像を見せたのは二月……その時点では、脱退はまだ未来の出来事だ。

しかし脱退の原因になったリットン調査団（満州事変の調査団）の報告にもとづく日本非難決議が二月に可決されていた。そのため武人が来た時点で、すでに脱退は内々に決定されていたのだ。

よってこの件は、日本の運命をきめる重大事件にもかかわらず、鳴神武人の未来予言映像からは削除されたのである。


ともかく……。

昭和天皇の足跡を追っていけば、同時に世界の情勢も映し出されていく。

のちに陛下が御覧になられ、格別の反応をみせられたという場面がある。

それは昭和一二年、関東軍の暴走により日中戦争が勃発したという部分だ。

そこから第二次世界大戦へと崩れ落ちる日本の姿を見て、陛下は深く憂慮の念をお示しになられたという。

閲覧後しばらくして二人の侍従長に、

『絶対にこのような日本にしてはならない。もし未来を変える手だてがあるのなら、それは国家元首たる朕《ちん》が最優先でやらねばならないことだ』

と、真剣に申されたらしい。

これこそが、武人の望んでいた反応だった。

「いまでも信じられんのう。日本とアメリカが大戦争をするなんぞ、まさに悪夢であるな。日本は第一の敵としてソ連を定めているのに、なぜそうなった……あ、いや、これもまた映像にあったな。満州を関東軍が牛耳り、それが元となって軍部の暴走がおこったのであった」

奈良は陸軍中将だけに、事態を深刻にとらえている。

それだけに行動も速く、この六ヵ月のあいだ、日中戦争を阻止するため全力をかたむけてきた。

しかもこれは陛下の御意志なのだ。

これから三年後に発生するはずの二・二六事件で、令和世界の昭和天皇は、みずから近衛師団をひきいて鎮圧すると激怒なされ、陸軍の暴走に直接介入する意志を示された。

おそらく……この世界の陛下も、同じお気持ちになられるはず。

そして二人の侍従長が止めないかぎり、その意志は、かならず軍部や政界へ伝わっていく。

まず陛下は、日中戦争の発端となった盧溝橋《ろこうきょう》事件を阻止するため、『満中不干渉の詔《みことのり》』を発せられ、関東軍の動きを完全に封じた。

これは日本軍が、満州国と中華民国（中国国民党政府）との国境紛争に干渉しないという意志を、国家元首みずから発したものだ。

その上で、陛下の勅命を受けた近衛師団司令部隷下《れいか》の第二師団が満州国に入ることになった。

一見するとこの措置は、不干渉の詔に反する行動に思える。

そこで日本政府は公式声明を出し、諸外国の懸念を払拭することに成功した。

『近衛部隊の進駐は、満中の紛争を未然に阻止するためのものと確約する。派遣部隊は、満州国と中国とのあいだに位置する防共自治政府内における唯一の武装勢力となる。

これはすべて、両国軍を完全に分離分断するためである。当然のことだが、近衛部隊がみずから武力を行使することは絶対にない。あくまで紛争阻止のための治安部隊である』

この専守防衛宣言は、諸外国には、『攻撃されないかぎり反撃しない』という意味に受けとられ、たいして評価されなかった。

なぜなら大半の国軍は防衛軍を自称しているし、自ら侵略軍を名乗るものは皆無に近いからだ。

しかし日本政府が宣言した事実は記録となって残る。

戦争開始の濡れ衣を着せられないように張った予防線……それが治安派遣なのだ。

第二師団は今年の八月、満中国境となる山海関から防共自治政府の支配する非武装地帯にはいり、盧溝橋につうじる通州《つうしゅう》に駐屯した。

この行動は、非武装地帯に日本陸軍の精鋭たる近衛師団を常駐させることにより、いかなる勢力の武力行使も許さないと示すためだ。令和世界でいえば、国連PKF部隊の駐留に該当する措置である。

令和世界では、盧溝橋事件は中国国民革命軍（共産党軍）第二九軍の兵士が放った偶発的な銃撃が原因なったとの説が一般的だ。

この発砲は相手が共産党軍ということもあり、おそらく阻止できない。

そこで射たれても暴走しない近衛師団を防共自治政府支配地域に配置し、近衛師団以外のいかなる日本軍も存在させないことを天皇の勅旨により内外に告知したのである。

ここまでやられると、いかに関東軍といえども勝手に軍を動かせない。

下手に動かせば統帥権の干犯《かんぱん》に問われる。

これら一連の措置が宮城主導でおこなわれたこ

とに、政府はむろんのこと、陸海軍の指導部も強烈なショックをうけたという。

「日中戦争は絶対に阻止してもらいます。ただでさえリソースが少ない日本が、これ以上、無駄なところに力をそそぐことは、まさに亡国の行為になりますから」

ここまで言った武人は、自分用に出されたお茶をひと口飲んだ。

「ところで……各分野の技術開発については、僕が提供した資料をもとに、各大学や研究機関が努力している最中だと思いますけど、それとはべつに、例の重大案件についての進捗状況はどうなってます？」

質問されたのは鈴木のほうだ。

「満州の大慶油田についてですな？　あれは……すでに試掘が終わり、来年早々にも本格的な採掘がはじまります。いやあ、あんなところに大油田があるなど、これまでだれも知りませんでしたよ。武人殿がしめされた推定埋蔵量一六〇億バレルが本当なら、昭和六年の日本の消費量が軍用をふくめて一四七五万バレルですから……なんと、おおよそ一千年ぶんが存在することになります。これはまさに神風が吹いたようなものですよ！」

鈴木が興奮するのもわかる。

日本が近代化して以降、エネルギー問題はつねに日本の足枷《あしかせ》となってきたのだ。

「まあ、実際に採掘できる量は、もっと少ないんですけどね。でも採掘と精製プラント、そして国内に備蓄するためのタンク基地さえ充分にあれば、これからおこる戦争のあいだに必要な量くらいは余裕でまかなえます」

武人の話にはすこしのウソが含まれている。

なぜなら開戦予定の八年後までに、充分な規模の石油コンビナートや備蓄基地を作りあげるのは、現在の日本の国力だとかなり厳しいからだ。

　実際には、八年間に海外から石油製品を可能なかぎり輸入し、それと自前で調達した大慶油田その他の石油をくわえて、ようやく陸海軍と軍需産業が気にしないで活動できるくらいだろうか。

　当然、一般庶民が消費するぶんは、それ相応に節約を強いられることになる。

「それより……情報の秘匿はきちんと出来ているでしょうね？　なんせこの時代の日本って、情報情報って声高に叫んでたってのに、実際は情報ダダ漏れでしたからね」

　この質問には、奈良が答えた。

「現在、陸軍と海軍が非公式に会合をもち、陛下の御意志を輔弼《ほひつ》すべく、非戦時ながら大本営に準じた組織を立ちあげる算段を行なっております。この組織の中には、大本営諜報局とでもいうべき機関も含まれておりますので、それが発足するまで、あとしばらくお待ちいただきたい。

　それまでは暫定的に、大慶油田の治安を維持する名目で、陸軍参謀本部と海軍軍令部が共同で一個憲兵連隊を編成し、これを駐留させております。

　また情報秘匿については、武人殿にいただいたパソコンとやらを使って、令和世界の暗号技術をもちいた新暗号が試用されはじめています。これが効果ありと判断されれば、陸海軍ともに全面採用する方向で動いております」

　武人は昭和世界から提供された資金源となるアンティーク品を令和世界で売り払い、それで一台一〇万円前後のデスクトップパソコンを大量に買い込んだ。

　それを昭和世界の秘密が守れる各部門に配布したのだ。

　プログラムなどは、当初は市販品で間に合わせ、同時にプログラミングできる者を育成するため市販の参考書や仕様書、コンピュータ言語のパッケージなども提供している。

「具体的には、いつぐらいになりそうです？　歴史は待ってくれませんよ。つい先日に締結された日独防共協定の阻止が間に合いませんでしたから、あとあと大問題になります。今後、僕たちができることは、これを日独伊三国同盟に発展させないことです。

　枢軸同盟を結んだら、もう世界大戦に巻きこまれるばかりになります。それを可能なかぎり回避することで、戦争開始を遅らせることが可能になります。合衆国が日本に宣戦布告しないかぎり、日本は戦争を回避し続けなければなりません」

「そ、それは……もう少しお待ちください。未来計画の進捗状況は順調なのですが、具体的な達成状況をまとめるには時間が必要ですので」

　鋭いツッコミを受けた奈良が、汗を垂らしながら答える。

　なにしろ武人の言葉は、いまや『鳴神未来予言』と言われるほどなのだ。

　いまのところ大幅な歴史修正は発生していない。ということは、令和世界の歴史の大半が当てはまる。

　まさに未来を見とおす予言である。

　これが言葉だけであれば、ただの妄言と一喝されて終わっていた。

　だが武人には、令和世界で入手できるあらゆる情報が味方についている。

　インターネットの回線こそ昭和世界へ引き込めないが、武人の部屋に複合型プリンターがあるため、それでプリントアウトされた大量のネット情報が、武人の手渡しにより昭和世界にもたらされている。

　そう……。

武人のマンションの部屋は、ベランダ側のサッシ窓をあけると昭和八年につながる。

昭和世界とつながっているかぎり、玄関のドアは開けられない。

その反対も同様。玄関のドアを開けると、昭和へつうじるゲートは完全に閉じられる。両方を同時に解放することはできない。

両方を閉めれば、武人の部屋はどちらの時空からも隔離される……。

これは武人の部屋が亜空間に存在している証明だと、昭和世界で集められた日本の叡智《えいち》——多くの物理学者がそう結論している。

また、時空転移能力者である武人以外、昭和世界に属するモノは持ちだせない。

令和世界のものも持ちこめない。

あくまで武人だけが、持ちこんだり持ちだしたりできる（ただし生命体をのぞく）。

マンションのドアとベランダ側のサッシのサイズを越えるものは持ちこめない。これは、かなり厳しい条件になる。

また、時代の異なる物品を持ちこんだら、未来にあたる令和世界でタイムパラドックスがおこるのではと危惧した物理学者もいた。

だがそれは、武人が平行世界《パラレルワールド》を説明したことで解決している。

ふたつの世界はあくまで平行する別世界であり、いくら昭和世界を改変しても令和世界にパラドックスは発生しないし、令和世界のものを昭和世界に持ち込んでも、その後に令和世界の歴史が変化するわけではない。

変化するのは昭和世界の未来だけ……これが平行世界の真実である。

そもそも同一世界の未来と過去なら、武人が往来できること自体がパラドックスを生むから、物理的に不可能となるはずだ。つまり往来可能というだけで、平行世界の証明になるのである。

武人は、自分の住む令和世界を変えようとは思っていない。

それは不可能だと武人も確信している。

これに対し、昭和世界の未来は変えられる。

ただし、いかに武人でも未来へ時間移動はできない。

どうしても未来を見たければ、昭和世界で経過する通常時間に身をおき、ゆっくりと歳をとるしかない。

武人は令和世界と昭和世界を行き来しつつ、自分も歳をとることで、昭和世界の未来につきあう覚悟を固めたのだ。

「それで……九月に横浜へ到着する予定になっていたリヒャルト・ゾルゲは、きちんと来ました？」

たしかに令和世界の歴史ではそうなっている。

「九月六日に到着したバンクーバー発のカナダ客船で、該当する名前の人物が来日していますな。ただ、身分が駐日ドイツ大使館所属の報道関係者となっておりますので、尻尾をつかむまでは泳がせておくしかありません」

奈良は特高警察にもツテがあるらしい。

そうでなければ、ここまでくわしい情報は手にはいらない。

「それでいいです。ゾルゲが日本で工作する内容は、日本のおこなう対ソ政策の調査と満州の軍備関連、それに日本政府の対中政策などですから、当面は虚実をまぜた情報をあたえて、ソ連首脳部を混乱させてあげましょう」

「そうそう、鳴神殿。海軍から強い不満がでていますが、どうしましょう。まだ計画にもない大和型とやらの戦艦建造を前倒しするばかりか、建艦数を一隻に限定せよという無茶な注文までつければ、そりゃ怒りますよ」

陸軍の軍人でもある奈良が、海軍から責められてはたまらんとばかりに嘆願《たんがん》した。

「だって仕方ないでしょうに。いまから四年後……昭和一二年にロンドン海軍軍縮条約が失効するんですから。そこからはじまる大建艦時代を先取りするのは最優先事項なんですよ。

ともかく大和型の建艦を前倒しにする代わりに、軍縮条件を満たすため金剛型二隻を大型空母に改装するのも待ったなしです。空母赤城と加賀については、もう一段甲板への改装その他は始まってますか？

来年に建艦が開始される予定の蒼龍《そうりゅう》と飛龍《ひりゅう》についても、赤城／加賀と同様の近代化改装を追加してもらいますからね。そうじゃないと、万が一のミッドウェイに勝てませんから。

戦艦陸奥が一九四三年に爆沈するのは未然に阻止しますから、これで長門型戦艦が二隻になります。ほかの戦艦を加えると戦艦はこれで充分です。可能なら、ほかの戦艦も機関を改装して、最低でも二七ノット出せるようにして欲しいですけど。

ともかく、大和型二隻ぶんの建艦を中止することで、余裕がでる資材や労力、資金のすべてを、空母と軽巡／駆逐艦／潜水艦の建艦にあててもらいます。

それらの新造艦に関しては、もう設計担当者に、第二次大戦末期の米海軍艦艇の設計図その他を渡してますから、きっと素晴らしい艦を作ってくれると信じてます」

武人が海軍の大型艦に求めた近代化改装とは、対空装備の充実／いずれ最新型の無線とレーダー装備を追加するための檣楼各部の設置場所／ダメージコントロール増強のための発泡消火器の設置、そして日本の軍艦の特徴となっている中央縦隔壁に横連結孔を設けることとなってる。

このうち最重要としたのは、中央縦隔壁の横連結孔だ。

これは他国の軍艦では常識となっている。浸水時の左右の平均を自動的にたもつためには必要不可欠な構造である。

なまじ艦の前後強度を強化するため設置した閉鎖構造の中央縦隔壁のせいで、令和世界の大型艦がどれだけ魚雷攻撃で横転沈没したことか……。

それを未然に防止するための措置なのだ。

「ですから、それが無茶だと……」

「では、海軍で文句を言っている人たちを、ここに招待しましょう。陛下から拝謁《はいえつ》するよう命じていただければ、だれも逆らえないでしょう?」

二人の侍従長は、思わず顔を見あわせた。

そして鈴木が、ため息まじりで答える。

「まったく鳴神殿は……畏《かしこ》くも陛下へ申しあげるに際する言葉遣いというか礼節について、もっと気を使っていただきたいものです。いくら令和世界では許されているとはいえ、ここでは最悪、不敬罪が成立してしまいますよ」

「僕は逮捕されませんよ。いざとなればマンションの部屋に引きこもりますから。それに、そんなことを気にしてる時間なんてないんですからね。いまは昭和八年。このままなにもしなければ、あと八年後には、アメリカ合衆国と泥沼の戦争に突入してしまうんですよ!」

戦争の話題は奈良の担当。

そう自認しているらしく勝手に返答する。

「それは重々承知しております。まったく……あの太平洋戦争とやらの映像には、心胆を寒《さむ》からしめられました。なぜアメリカは、日本やドイツを最後の最後まで攻めたのでしょうね?

これまでの戦争の常識では、敗色の濃い国家が講和を言いだせば、その後は国家賠償や国境変更などの戦後処理にうつると相場が決まっていましたのに」

「第二次世界大戦から、戦争の定義が変わったんですよ。それまでは国家の覇権をむりやり通す場だったのに、主義主張を裁定する場になったんです。合衆国は、日本の帝国主義とドイツの独裁主義が、いずれアメリカの世界支配に邪魔になると考えたんです。自由主義、民主主義、資本主義の三本柱が世界を牛耳る……それがアメリカの野望ですから」

「それならなぜ、令和世界の米国はソ連の味方をしたのです？　ソ連は全体主義で共産主義国家ですよ？」

「それについては、敵の敵は味方という論理と、当時のルーズベルト大統領の周囲が、ソ連の情報機関に都合のいい情報を与えられて翻弄《ほんろう》されたから……そうとしか言いようがありません。さきほど言ったゾルゲも、これに関係しています。

　ですから日本の情報機関が機能するようになれば、こちらからソ連の陰謀を暴《あば》く工作を仕掛けられるかもしれません。米ソが戦前の段階で対立すれば、一時的にはドイツに利することになるかもしれませんが……。

　二〇世紀という長い時間でみれば、対立させたほうが世界にとって良いかもしれませんね。でも、まだ先の話です。いまは、いまやれることを行わなければ……」

　──僕たちには時間がない。

　それが武人の口癖になっている。

　たった一人で日本の歴史を変える。この壮大な試みは、考えるまでもなく個人の能力を超えるものだ。

　それにあえて挑戦すると決めた瞬間から、武人に休む時間は存在しなくなったのである。

「零式艦上戦闘機と栄エンジンの設計図をもとに、一九三六年までに改良された量産機を完成させる。同様に陸軍の『隼』戦闘機も作る。三菱ハ型エンジンで空冷の彗星艦爆を、流星艦攻も……無茶を通りこして気が遠くなりそうですよ。おかげで現場は大混乱です」

いま奈良が言った内容は、この時代では技術武官でなければ理解できないものだ。

どうやら武人につき合ううちに、かなりの軍事知識を蓄えたらしい。

むろん本物の技術武官五名も、いま横で耳を兎《うさぎ》のようにしてノートにメモをとっている。

「与えた資料と設計図、令和世界のバイクエンジンの実物、各種ガスケットやシール、エンジンオイル、冶金技術の参考書や教科書／市販書籍、排気タービンの仔細な設計図と材料の資料、車用の実物タービンとインタークーラーキット。

電装類の材質改善や改良のための資料、有機化学製品、とくにプラスチックや接着剤の実物と製造方法、ゲルマニウムの精製法とダイオードおよびトランジスタの製造方法、令和世界の自動車大量生産のノウハウ……。

みんな、この六ヵ月間でお渡ししました。これで出来ないなんて言わせません。日本人ならかならず出来るはずです。これらの時代を先取りした知識と現物で科学文明を加速させ、余裕ができたぶんは、さらに先の技術を実現するために使う。このサイクルさえ完成させられれば、もはや日本にかなう国は地球上になくなります」

武人自身、理工系大学の学生だったのだから、なにが可能でなにが不可能かはわかっている。

問題は、この時代の学者や専門家に、自分が直接知識や技術を伝授する時間がないことだ。武人の体は、悲しいかなひとつしかない。だから間接的な提供と試行錯誤で埋めてもらうしかない。

そのために、一九四一年までの八年間という猶予時間を設けたのである。

「満州の遼寧《りょうねい》にある未採掘の鉄鉱山、もう採掘に着手しました？　日本だと純度が極めて低い鉱石しか得られないニッケルも重要ですよ？　ウソ八百ならべてでも、世界中からニッケル鉱石をかき集めないと。

　とくにフィリピンと東南アジアのスリガオにある未発見の大鉱山は、早急かつ絶対に日本の商社をつかって採掘権を確保してください。採掘権が手にはいったら、国庫をつぎ込んでも即座に本格採掘しなければなりません。

　ニッケルは開戦と同時に、アルミ以上に重要な素材となります。なにせ排気タービンの原材料として不可欠な金属ですから。これがあると無いとでは、日本軍の艦船や戦車の性能に雲泥の差がでます。いくら設計図や現物を僕が持ちこんでも、こっちで量産できなければ意味ないですからね。

　それから石炭の焼却灰から取れるアルミナ……酸化アルミニウムも大事ですよ？　お渡しした石炭火力発電所とアルミニウム精錬所の併設プランで、かなり割高になるけど、純国産のアルミニウムが大量生産できるんですから、これも最優先で建設してください。石炭灰の二割から三割がアルミニウムに化けるんです。これが実現できれば、日本はアルミニウム大国ですよ？

　石油、鉄、アルミ、ニッケルの四大資源、すべて日本独自で入手できるようになるんです。そうしたら資源を輸入するぶんは、すべて備蓄にまわせます。万が一戦争になった場合、備蓄の有無が生死をわけます。だから各方面へ拍車をかけてください」

武人は言うだけ言うと席を立った。

「では鈴木侍従長さん、資金援助のもとになる例のやつ、またお願いします。なんせ僕、貧乏なもので……」

ここの部分だけ、武人は恥ずかしそうに照れた。

例のやつとは、昭和二年に発行された日本銀行兌換《だかん》券──『裏赤二〇〇円』と呼ばれる紙幣や、明治から大正時代に発行された銀貨や金貨、李氏朝鮮時代の銀貨や金貨、明治時代の貿易銀、江戸時代の小判や一朱金や二朱金……。

ようは令和世界で高額取引されている紙幣や貨幣を、この世界で集めてもらったものだ。

しかも政府や宮内省を通じて国策として集めるため、質がきわめて良いものが集まる。これを令和世界のオークションや古銭商で売ったら、すぐに数千万円が集まった。

税務署対策は税理士に一任しているが、いざとなれば追徴金を払えばいいと腹をくくっている。それよりも、令和世界で資金を潤沢に使用できるほうが重要だ。

最大効率で令和世界の情報を集めるのには、どうしても大金が必要になる。

古銭や古紙幣だけではいずれ足がつくため、つぎは切手や太平洋戦争で失われた古美術品も視野にいれている。

残念ながら、最初に目論んでいた株券をつかった錬金術は、令和世界と昭和世界の時間軸がちがうため、株券保有者の名義書きかえや電子化のせいで無理と判明した。

そうでなければ、三菱重工や豊田自動車など、戦前からある会社の株券を購入すれば、令和世界では株式分割などで莫大な額になっているはずだ。

その差益で儲けようというのが武人の思惑だった

のだが、これは失敗に終わった。

「では令和世界にもどって、さらなる資料や物品の購入に邁進してきますね」

　令和世界につながるマンションのサッシ窓は、会議室のとなり――東側にある旧通信室の会議室側の壁に開口している。

　常識的に考えると、となりの会議室にマンションの部屋が出っぱる形になる。

だが、マンション部屋は亜空間に存在しているため、どこにも出っぱりはない。

　なので武人は、いったん会議室を出て旧通信室にはいり、開けたままのサッシ窓をこえてマンション室内にもどることになる。

　その後、サッシ窓をしめて玄関ドアを開ければ、晴れて令和世界へ帰還することができる……。

「令和世界にも協力者がほしいけど……大学で信頼できるやつ、いたっけな？」

　部屋にもどった武人は、座卓においていたスマホをとり、あれこれ人選をしはじめた。

二

一九三七年（昭和一二年）七月　盧溝橋

「橋の北端より東へ二二〇メートル地点。警戒中の第六および第七特務分隊が、渡河中の正体不明者六名を発見！　各分隊から指示を願うとのことです！」

　近衛歩兵第二連隊長――阿南惟幾《あなみこれちか》大佐のもとに、特任をうけて周辺に潜んでいた部隊から伝令がやってきた。

　歩兵第二連隊は近衛師団第二師団の隷下にある部隊だ。

　阿南は昭和四年、侍従武官に就任した経歴がある。そして今年の一月、近衛歩兵第二連隊長へ転任した。むろん意図的な転任である。

　当然だが、侍従武官長の奈良武次や鈴木貫太郎侍従長とは周知の間柄だ。

　陛下も『あなん』と親しげに名を呼ばれるほど緊密な関係を維持していた。それらが前提となり、今回の大役を賜ったのである。

「きたか……ただちに特務中隊を出動させよ。第一大隊から戦車隊を出し、橋の北側を固めさせろ。ただし威嚇するだけだ。絶対に攻撃してはならぬ。これは陛下より賜った絶対命令である」

　阿南がいる場所は近衛歩兵第二連隊詰所だ。

　盧溝橋北端から街道沿いに、一〇〇メートルほど行ったところに設置されている。

　阿南は本来なら、一キロほど東に離れた一文字山に設営されている第二連隊司令部に詰めていなければならない。

　だがここ数日、きな臭い情報が連続して上がってきているため、あえて危険を承知のうえで詰所に居すわったのだ。

「本来の歴史では、明日七日の深夜に事件がおこるはずだった。だが……こちらが予定していた演習を中止したせいで、敵もあわてたようだな」

　むろん、阿南のいう演習はダミーである。

　近衛第二師団は二ヵ月前、これから二ヵ月後に盧溝橋付近で夜間演習を実施すると発表した。

　令和世界の史実でいえば、支那駐屯歩兵第一連隊第三中隊による演習がこれに該当する。ちなみに第一連隊長は、あの牟田口廉也だった。

「我がほうに被害が出なければよいのですが……」

　阿南につきそって詰所にきた連隊参謀の富永恭次《とみながきょうじ》少佐が、発砲絶対禁止の命令をうけている各部隊を心配している。

阿南が命じた作戦は過酷そのものだった。

特務中隊は、中華民国軍に擬装した中国共産党軍兵士を、なんと木刀と捕縄《ほじょう》のみで捕らえろと命じたのだ。

相手は日中戦争を勃発させるため、発砲する気満々でやってくる。

なのに特務中隊に許されたのは肉薄戦闘、しかも殺害ではなく捕縛である。

これでは富永が心配するように、こちらに戦死者が出てもおかしくない。

「特務中隊は、隊の発足から今日で八ヵ月になる。隊員たちは、それ以前から帝国陸軍内で銃剣術や剣道、柔道、徒手格闘術の大会で上位入賞した猛者《もさ》ばかりを集めてある。そんな彼らを八ヵ月間、徹底的に実戦訓練してきたのだ。だから彼らなら、きっとやりとげてくれると信じている」

やれることは、すべてやった。


阿南の言葉からは、その自信があふれている。

と、その時。

――パパン！

明らかに小銃と思われる数発の発射音が聞こえた。

だが、応戦する音は聞こえない。

――ドッ！

今度は手榴弾と思われる爆発音がした。

いずれも散発的で、その後に戦闘が激しくなる気配はない。

「報告！　盧溝橋北端で待機していた戦車隊に対し、小銃と手榴弾による攻撃が発生した模様です。これに対し戦車隊は橋北端ぎりぎりまで前進し、戦車の車体を盾として敵の侵攻を阻止する態勢に入っています。

同時に、発砲した敵数名に対し、特務中隊第一／第二小隊三二名が突撃。味方一名が銃撃で死亡、二名が手榴弾で重態の模様。ただし敵は、すべて捕縛に成功したとのことです！」

　死傷者が出たと聞いた阿南は、一瞬だが表情を歪《ゆが》めた。

　しかし成功の一言で、ほっとした顔に変わる。

「よくやった！　負傷者は最優先で、詰所に待機している医務隊のところへ搬送せよ。戦死者も丁重に後方へ運べ。捕らえた敵は、第一偵察中隊の手で一文字山の司令部へ連行せよ。

　敵が作戦失敗を察知して強行手段にでる可能性がある。それに応戦してしまえば、こちらの負けだ。よって盧溝橋警備部隊は全員、これより後方三〇〇メートルにある阻止塹壕までもどれ。

　もし敵を迎え撃つにしても、完全に橋を渡らせ、防共自治政府支配地域内へ引きこんでからたたく。こうすれば相手が誰であろうと、日本軍が中国領内に入って戦闘したという言いがかりは付けられない。我々が防衛戦闘に終始したという証明になる」

　一連の命令を下した阿南。

　大事なことを忘れていたと言いたげに、横にいる富永参謀へ声をかける。

「富永……すまんが事前の打ち合わせどおりに、橋のむこう側にいる中華民国軍警備部隊へ通信連絡を入れてくれんか。

　明日には上海にいる海軍陸戦隊の特使が、天皇陛下の勅使をともなって南京の国民党政府へ入ることになっている。そのことを相手側に重々承知させて、今日のところは双方ともに自重を厳とすることを確認して欲しい。

　勅使が携えている蒋介石総統にあてた陛下の詔《みことのり》は、我が日本国としての最高儀礼となる。日本国から中華民国への最高位階《レベル》の公式書簡だ。明日には全世界に内容付きでラジオ放送で公表されるから、蒋介石総統といえども無視はできん。

　これで当面、日中間の軋轢《あつれき》は沈静化する。うまくいけば不戦条約まで行けるかもしれん。だからそれまで、中国国民党軍と我が軍が現場で衝突することは絶対にまかりならんのだ」

　すでに日本は、蒋介石政権を重視する方針に転換している。

　たとえ蒋介石が日本を手玉にとる姿勢を見せても、辛抱強く共産党軍の脅威を説き、中国にとって真の脅威は何かを理解してもらう。これはたんに日中戦争を回避するためだけではない。これから一〇〇年先を見越しての国家大計である。

　中華民国を連合国に参加させず、徹底して内乱平定へ突き進んでもらう。

　これまで日本が推していた軍閥すら見捨てる行為は、中国人の恨みや軽蔑を買うかもしれない。そういった意見もあった。

　しかし鳴神武人は御前会議で、これは日本だけでなく東アジア全体の安定のために不可欠な操作なのだと、令和世界で覇権をふるいはじめた中華人民共和国の動画を見せながら力説したのである。

　それを受けた陛下が勅旨を帝国政府に出し、政府が正式に決定したものだから、間違いなく大日本帝国の基本方針だった。

「承知しました。すべて計画通りですので、準備は万端に整っております。では……」

　富永参謀は、ビシッと敬礼して答えた。

　前もってすべての準備を終えていたのだろう、まったく躊躇することなく踵《きびす》をかえすと、命令を実行するため連隊司令部のある一文字山へと戻っていく。

「うまく行けばいいが……」

　さきほどは富永が心配の声をあげたが、今度は阿南が似たような言葉を口にした。

ここさえしのげば日中戦争は回避される。

そう陛下から直々に拝聴した時、阿南は眩暈《めまい》がしたほどだ。

侍従武官をしていた時は、日本が中国と戦争をするなど夢にも思っていなかった。

それが突然、上司の奈良だけでなく、海軍軍令部総長に着任した伏見宮博恭王《ふしみのみやひろやすおう》からも、『このままでは、今年の暮れに盧溝橋において日中戦争が勃発する』と聞かされたのだ。驚かないほうが無理である。

その後、伏見宮と共に陛下へ拝謁したおり、陛下は阿南に対し、絶対に日中戦争を回避しなければならないと告げられた。それがすべての始まりだった。

いまでは奈良だけでなく鈴木侍従長からも、宮城内に出現した不可思議な地下施設のことと、鳴神武人という名の未来人の話を聞いて知っている。

ただ阿南は武人に会ったことはない。

だからすべてを鵜呑《うの》みにはできないが、すくなくとも陛下の御意志にだけは忠実でありたいと思っているのは事実だ。

陛下が鳴神のことを信じておられるのであれば、自分がそれに猜疑《さいぎ》の念をかけるべきではないと自覚している。

「さて……つぎは関東軍の番だな」

盧溝橋で事件が勃発したら、鳴神の未来予言が正しかったことが証明される。

そうなると、今後の大日本帝国にとり重大な障害となりうるのは、このところ目にあまる行動をとっている満州の関東軍となる。

関東軍は、これまで陸軍内に強い権力をもっていた。

そのため、なかなか手がつけられなかったのだ。

しかし鳴神予言が事実となれば、関東軍の暴走も未来における事実と受け止められる。

暴走を阻止するため、陛下が官軍の最たる者である近衛師団を動かせば、もはや関東軍は賊軍になりはてる。

そこまで追いやるのは忍びない……。

だから、そうなる前に内部改革してしまおうというのが、陛下の内々の御意志だ。

その内部改革が、ついに開始されるのである。

＊

関東軍の司令部は、満州の首都――新京に設置されている。

ただし司令部が新京に移ったのは昭和九年になってからだ。それ以前は、満州の海への玄関口となっている遼東半島の旅順に設置されていた。

この時期の関東軍は、石原莞爾《いしはらかんじ》作戦課課長らが柳条湖《りゆうじようこ》事件を画策するなど暗躍しているものの、まだ数個師団規模でしかなく、満州を軍事力で牛耳っているとまでは言えない状況だった（令和世界の関東軍が一四個師団にまで膨れあがったのは、日中開戦後の一九四一年になってから）。

だから一九三八年のいま、関東軍をなんとかする。

そう鳴神武人が画策したのも、ある意味この時期しかなかったからだ。

「貴官は、あのまま石原莞爾を野放しにしておくつもりか？」

関東軍司令官兼駐満大使の植田謙吉《うえだけんきち》陸軍大将が、目の前の椅子にすわる男を睨みつけている。

睨まれているのは、東條英樹《とうじようひでき》関東軍参謀長。

東條は前任の板垣征四郎《いたがきせいしろう》から参謀長を引きついで就任した。

だが引きつぐ前の去年、未遂に終わった二・二六事件の時は、鳴神武人が組織した帝立未来研究所を中心とする秘密組織――『謹皇会《きんのうかい》』に所属していて、積極的に関東軍内の混乱を防ぐ働きをした。

それが認められて、関東軍改革の急先鋒として送りこまれたのである。

「石原は参謀本部第一部長ですので、軍内では隠然たる勢力を有しております。もし陛下の御意志がなければ、おそらく現在の宇垣一成内閣は不発に終わっていたでしょう。私としては、石原莞爾と板垣征四郎の両名は、関東軍の作戦と情報を牛耳る二悪と認識しておりますので、早急に両名の排除へ動くべきだと思っております」

東條は熱烈な天皇崇拝者である。

そのため以前には、軍内の皇道派から誘いを受けたくらいだ。

したがって、より陛下に近い存在の謹皇会に入ったのは当然の帰結だろう。

また板垣征四郎や石原莞爾とは、かつて一夕会《いっせきかい》という団体内での仲間だった。なのに今、彼らを裏切るような行動をとっている。

これを裏切りと思わないのが、東條らしい判断といえる。

東條にとっては、友情より陛下への忠誠のほうが、比較にならないほど重要なのである。

すでに武人の暗躍で、歴史は変わりはじめている。

令和世界の過去では、この時期は第一次近衛内閣だった。だがこちらでは、宇垣内閣が成立している。ただし陸軍大臣は杉山元《すぎやまはじめ》、海軍大臣は米内光政《よないみつまさ》と変わっていない。

日和見主義の近衛文麿《このえふみまろ》とはちがい、軍部ファシズムに批判的な宇垣一成《かずしげ》が首相であれば、これから先、軍部主導の政治が阻止される可能性が高い。

宇垣は昭和六年に勃発した軍事クーデター未遂事件――三月事件において、あやうく主犯に祭りあげられるところだった。

しかし最終的に宇垣が反対に回ったため未遂に終わった。

この決断を陛下が評価なされたため、武人が組織した謹皇会の重鎮として迎えることになったのだ。

謹皇会の主なメンバーには、現閣僚の杉山元／米内光政はむろんのこと、海軍次官の山本五十六、山本を海軍次官に抜擢した永野修身《ながのおさみ》、まもなく海軍省軍務局長に就任する井上成美《いのうえしげよし》、皇道派だった山下奉文《やましたともゆき》……なかなかの顔ぶれがそろっている。

そして、現在はヨーロッパ歴訪で不在だが、秩父宮雍仁《やすひと》親王が、陛下に代わって代表代理となっている。

実動隊長は、現関東軍参謀副長の今村均《いまむらひとし》。今村は関東軍の要職を歴任しつつ、一貫して関東軍の暴走を阻止しようと孤軍奮闘してきた人物だ。当然、東條が見逃すはずがなく、なかば強引に引き入れたらしい。

謹皇会……それは表むき、皇室と日本を代表する者たちの親睦を深めるための民間親睦団体となっている。華族との交流も謹皇会の大切な仕事だ。政府から補助を受け、丸の内に事務所をもつ公認団体である。

だが実際は、鳴神武人を中心とする日本を改造するための秘密結社である。

丸の内の事務所はダミーで、本部は皇居内の地下施設に設置されている。

「貴官にその覚悟があるのなら、儂《わし》としてはなにも言うまい。ともかく我々は、陛下の御心《みこころ》にしたがうまでだ。そしてきたるべき大戦争にうち勝ち、皇国の未来を確たるものにしなければならない」

植田謙吉は、あくまで軍人の視点で日本の未来を見ている。

ところが東條は、それでは駄目だと心中では考えていた。

「謹皇会の未来予言によれば、たんに戦争に勝つだけでは、未来において世界に冠たる日本は作れないとありますが？」

「それについては、軍人の儂が口をはさむ事ではないと思っている。まさか貴官は、帝国軍人でありながら政治の分野にまで関与するつもりか？」

古い軍人である植田は、国のまつりごとは陛下と政府にまかせ、自分たちは国防に専念すべきだと思っている。

しかし東條はちがう。

国防と外交は表裏一体であり、日本が世界と渡りあうためには、軍事に裏打ちされた強い外交が必要だと信じている。

「そのつもりですが？　陛下もこう申されているではないですか。陸軍と海軍の垣根など百害あって一利なし。いざ大戦争ともなれば、政治と軍部、そして臣民が一体となった総力戦となるであろう。そのような重大事にそなえ、大日本帝国は常設大本営のような組織を立ちあげ、万端の準備に邁進しなければならない……そう、たしかに申されたはずです」

いま東條が言った陛下のお言葉は、皇居内に完成した帝立未来研究所の発足式において、謹皇会の初動メンバーを招待した時に下されたものだ。

そこで東條は、未来研究所の最高顧問と紹介された若造——鳴神武人と出会った。

奈良侍従武官長からは、なんと今から八〇年以上も先の未来人だと教えられた。

その時はなにかの冗談だと思ったが、地下会議室で一〇〇型液晶ディスプレイに映しだされた令和世界の皇居と丸の内の高層ビル街、そしてそこに映る鳴神武人を見て腰を抜かし、信じざるをえなくなった。

ちなみに一〇〇インチディスプレイは、横二・二メートル縦一・二五メートルのサイズだから、なんとかマンションの扉とサッシをくぐりぬけることができた。

問題は不安定な昭和世界の電力だが、さすが理学部出身の武人、秋葉原をまわって大容量の安定化電源装置を手に入れて無事に解決している。

ただし重量がありすぎたせいで、無理して運んだ武人は、しばらく腰を痛めて腰痛コルセットの世話になってしまったのはナイショだ。

そのほかにも、三菱重工が種子島から射ちあげるH2系ロケットの映像や、市ヶ谷の現代的な防衛省庁舎、富士総合火力演習の迫力ある大画面映像、海自のリムパック演習に参加した時の映像、軽空母に改修された『いずも』『かが』から飛びたつF‐35B……。

四時間にもおよぶ武人がパソコンで編集した令和世界の日本の映像、そして世界の状況を映す動画サイトの映像などを見せられたのだ。

東條が最初に思ったことは、『なぜ戦争に負けた日本が、ここまで発展できたのか？』という素朴な疑問だった。

これほどの軍事力をふたたび持つことができたのなら、いま昭和世界で戦争に勝つ必要はないのでは？

こちらの疑問はかなりの問題を含んでいるため、鳴神武人以外に言ったことはない。

最初の疑問については、武人本人が答えてくれた。

というより、鳴神が昭和世界に介入しようと思った根本原因が、東條が浮かべた疑問と同じだったため、積極的に応えてくれたのだ。

　鳴神武人は言った。

『日本は敗戦後、合衆国の世界戦略に組み入れられました。その結果、東西冷戦にともない、極東における共産主義に対する防波堤と位置づけられました。そして独立国とは名ばかりの従属国家として、専守防衛以外の軍備を禁じられました。

　GHQの指図で作った日本国憲法で専守防衛を義務づけられたため、自衛隊はきわめていびつなバランスの軍事組織になってしまい、周辺国家からの軍事的な圧力を自力で排除できなくなりました』

　それでも米ソ冷戦の時代は、なんとか合衆国の核の傘の恩恵をうけて乗りきった。

　しかしソ連が崩壊し、その後、中華人民共和国があらたな共産主義勢力の盟主として台頭した結果、日本はしだいに極東における影響力を減弱していくことになった……。

　それらの原因のすべてが、強大になりすぎた合衆国の世界戦略に、戦争で負けた日本が組み入れられてしまったからだ……そう武人は力説したのである。

　むろん武人の考えは、あくまで武人個人のものだ。

　しかし恨みつらみに凝り固まった武人は、あたかもそれを令和世界の総意のように力説したのである。

　優秀な官僚的頭脳をもつ東條は、武人の言説をすぐさま理解した。

　そして日本が進むべき真の道も、かなり鮮明に想像できた。

　大日本帝国は覇道を歩むべきではない。

　武人がどんなに力説しようと、これだけは堅持

セブン-イレブン
市川菅野６丁目店
千葉県市川市菅野６－１７－１４

電話：047-322-1107　　レジ#2

2023年01月14日（土）16:26　責197

領　収　書

7カフェ ホットコーヒーR	*102

小　計（税抜 8%）	¥102
消費税等（ 8%）	¥8
合　計	¥110
（税率 8%対象	¥110）
（内消費税等 8%	¥8）
クレジット支払	¥110

お買上明細は上記のとおりです。
[*]マークは軽減税率対象です。

クレジット売上票
（お客様控）

ご利用日	2023年01月14日
会員番号	************3536
支払方法 1回CL	承認番号 763203
金額	¥110
ＡＰＬ名	VISACREDIT
ＡＩＤ	A0000000031010
伝票番号	230-114-227-6727

せねばと思った。

令和世界の合衆国は、まさに覇道国家として二〇世紀を駆けぬけた。その結果が、深刻な国内の人種的対立と、体外的な国力の衰えだった。まさに令和世界の合衆国は、かつてのローマ帝国がたどった衰退の道を歩もうとしていた……。

日本は帝国として、そのような道を選択してはならない。

資源も国力もすくない日本が、世界で確固たる地位をえる……そのためには、絶対に王道を堅持しなければならない。

そのヒントは、令和世界の日本が戦後に歩んだ道に残されている。

王道によるアジアの興隆。

それは、良い意味での大東亜共栄圏そのものだ。

日本がアジアに君臨するのではなく、令和世界がたどった自他共楽による経済大国への道こそが、アジアを世界の動力源として発展させる手段として相応しい。

ただし、それを実現するためには、欧米列強からの軍事的な圧力をはねのけなければならない。

そのための軍事力は不可欠だ。奇麗事では、魑魅魍魎《ちみもうりょう》が跋扈《ばっこ》する国際社会を渡っていけない。

日本が衰退する原因となったバブル崩壊、それを引きおこしたプラザ合意こそが、合衆国による日本弱体化の大鉈《おおなた》……これは日本が合衆国に隷属していたからこそ起こったと東條は理解した。つまり、出過ぎた釘が打たれたのである。

ここで王道である意味が出てくる。

もし日本が覇道をおし進めつつ世界最強のブロック経済をアジアに確立しようとすれば、まちがいなく欧米列強とのあいだに大戦級の戦争が勃発する。

それは武人が語った令和世界の現在——中国の

覇権国家としての台頭と、深刻な合衆国や同盟国との対立が証明している。

合衆国はナンバー1の地位を脅かす者を許さない。まさにガキ大将……覇道の盟主なのである。

「常設大本営については、すでに陸海軍への根回しも終わっている。最終的には軍務大臣の下に陸軍局長と海軍局長をおくかたちで、帝国統合軍総司令部とやらが発足するらしい」

実際には、陸軍省と海軍省の組織名が変わるだけだが、それでも上位に軍務大臣がくることで、より陛下の意志を貫くことができるようになる。

帝国統合軍総司令部も、令和世界の過去にあった戦時組織――大本営とは違い、最初から陸海軍の軛轢を解消して、真の統合軍として運営できるようになっている。

「もうそこまで……ならば私も急がねばなりませんな。関東軍の抜本的な綱紀《こうき》粛正と再編による満州防衛の強化は待ったなしです。満州は陛下の御心にしたがい、満州帝国皇帝が統治する王道楽土でなければなりません。そこでの関東軍の役目は、政治への不当な介入ではなく協調と満州軍の補助なのです」

理想論をかたる東條は、本来の彼そのものだ。

東條は軍人というより官僚にむいている。ただし政治家にはむいていない。

そのことを自覚しているかどうかは、まだ他者にはわからなかった。

ただ、現在の帝国政府の方針は、東條の理想にかなり近い動きをしている。

昭和世界のソ連は当面ドイツにまかせる。これが謹皇会の結論である。

ドイツがソ連を潰せれば、それでいい。

もしソ連が日本を攻めれば、その時は満州と日本を防衛する意味で、極東に限定した戦争も辞さない。だかそれを世界大戦に結びつけることは絶対にしない……。

さらにいえば、武人個人の思惑では、現在のドイツは、おいそれとソ連を攻められなくなるとなっている。

おそらくこの世界も、ドイツのヨーロッパ侵攻は避けられない。ただし、もしヨーロッパで第二次世界大戦が勃発しても、日独伊三国同盟がないため独ソ戦は遅れる。

その結果、ソ連による合衆国への画策——日米戦争の仕掛けとなるハル・ノートを出す時期が遅れるのではないか、そう武人は判断したのだ。

東條の言葉を聞いた植田は、やや安心した表情を浮かべた。

「うむ。来年になれば、あれこれ大きな動きが始まる。そうなれば国の内外にも、ある程度のことは露呈するだろう。そうなれば、もう後戻りはできない。だから我々の進路を大幅修正できるのは今年いっぱいになると思ったほうがいい。そのつもりで事に当たってくれ」

ようやく植田は東條を放免する気になったらしい。

やることは腐るほどある。

とくに待ったなしなのが、満州における農業改革と交通インフラの根本的な整備だ。

未来研究所が進める農業改革が成功すれば、なんと満州南部と朝鮮半島全域で米が栽培できるようになるという（すでに北海道では試験栽培が始まっている）。

令和世界から耐寒米の種籾《たねもみ》が持ちこまれ、北海道／朝鮮／満州の農業試験場で試験栽培が行なわれている。そこで実際に耐寒米を生産し、その種籾を各地で栽培することで米の大増産を実現するらしい。

そのほかにも、米が栽培できない満州中部以北についても、令和世界の北海道でふつうに栽培されている耐寒種のジャガイモやトウモロコシ、小麦、蕎麦が持ちこまれている。

交通インフラについては、日本と満州／台湾／朝鮮の主幹線道路を早急に拡張して、なおかつアスファルト舗装にすることになっている。

試験採掘までこぎつけた大慶油田は、令和世界の情報で重質油であると判明している。

本来なら欠点となる重質油だが、それを長所に変えるため、石油精製段階で大量に産成されるアスファルトと重油を積極利用することになったのだ。

このうち重油は、海軍の大型艦艇の燃料になる。

そこで遼東半島の旅順と満州南部に、大規模な石油備蓄基地を建設中だ。

さらには満州鉄道と朝鮮鉄道の複線連結も進行中で、これが完成すれば、大慶の石油が釜山までノンストップで運ばれることになる。

まずは鉄道網を複線化することで大量輸送を実現し、そのあいだに満州縦貫道の整備と、日本の東京と地方をむすぶ幹線道路の拡幅と舗装化を実施する。

計画では、以下の片側三車線化とアスファルト舗装化が進められている。

東京の環状六／七／八号、甲州街道、東海道、川越街道、常磐道、日光街道、東北縦貫道、中国道、九州縦貫道……。

これらの構想は、まさに日本版アウトバーンと言うべきものだ。

第二次世界大戦前の日本に、片側三車線の舗装路が完備されている光景を、だれが想像できるだろうか。

当然、そこを走る車も、令和世界の歴史にある大戦前のものではない。

武人が持ちこんだ大量の車関係の資料と、なんとかマンションを通して受け渡した排ガス規制前の中古原付きバイクの現物、２５０ＣＣのＤＯＨＣバイクエンジン。

解体業者やネット購入で手に入れた古いキャブレターや新品の市販ターボキット。

まだ昭和世界で発明されていない車関係の特許の数々、ガソリンのオクタン価を国際標準まで引きあげる技術……。

あえて中古部品を選んだのは、へたに電子化された部品だと流用がむずかしいからだ。

解体業者から入手した自動車外板用の高張力鋼、有機化学の基礎から応用までの資料と各種有機溶媒やプラスチック製品／接着剤の現物。

これらが結実した車が、昭和世界の昭和二一年までには幹線道路を走ることになる。


当然だが、車やバイクの大量生産をつうじて、日本は最速で軍事産業の量産技術と規格の統一を果たすことになる。

すべては戦争に繋がっている。

軍事から民間への技術伝達、そして民間から軍事へのフィードバック。

この流れを調整し加速させていくことこそが、未来研究所の役目なのである。

肝心の予算は、令和世界の知識で造られた民生輸出品でまかなう。

具体的には、ごく初歩的な化学繊維をもちいた衣服や下着、とくにナイロンストッキングは、すでに合衆国や欧州において絹製品を駆逐しはじめている。

むろん絹製品はいまも、高級衣料として輸出品目に入っている。

そして未来研究所が切り札として出したのが、

日本だけでなく世界各国において『蛍光灯』の特許を何がなんでも取ることだった。

令和世界における現代的な蛍光灯は、一九二六年にドイツのエトムント・ゲルマーにより発明されている。

それはこの世界も同じだが、日本はアメリカのGE社に先駆ける一九三四年に、ゲルマーからこの特許の購入と専用販売の権利を得ている。

この時点で、GE社による蛍光灯の実用化は挫折した。

あとは数々の周辺特許でガチガチに固め、他国の追随を許さぬ態勢をとるだけだ。

こうして謹皇会は、ダミー会社『日本蛍光管』を立ちあげ、各種権利を管理することにし、日本国内の各電気メーカーに格安の特許使用料で蛍光灯の大増産を許可したのである。

蛍光灯の輸出は一九三六年に始まった。

それから一年……。

同じ電力で二倍以上も明るい蛍光灯は爆発的に売れている。

しかも、この時代の白熱電球より寿命が長い。

アメリカだけでなく欧州各国も、こぞって輸入申請をしている。そのせいで生産が間に合わず、二年後までの生産予約が埋まっているほどだ。

電気メーカーは莫大な収益を上げているが、一定率の課税により国庫も潤った。

さらには、過度の朝鮮に対する国庫投入を控える決定がなされ、飢饉に苦しむ東北地方の産業育成に予算が投入されている。これにより東北各地に最新式の製鉄施設や石炭火力発電所（最新鋭のアルミ精錬所も漏れなく併設）が造られている。

その他にも、令和世界にはなかった『東北飛行機製作所』が発足し、すでに複葉式の初級練習機（赤トンボ）や低速単発観測機、水上機など、主力機以外の低性能機の量産が始まっている。

飛行機会社といえば、台湾飛行機と満州飛行機／朝鮮飛行機も民間会社として設立された。

これらは最初から、陸軍の九五式戦闘機／九四式爆撃機／九五式対地攻撃機、海軍の九五式艦上戦闘機／九六式艦上爆撃機（空冷彗星改）／九六式艦上攻撃機（空冷流星改）を大量生産する工場となる予定だ。

むろん国内に従来からある各飛行機会社も生産するが、それらは大量生産が軌道に乗ったら、生産ラインを中小メーカーに移管し、自分たちは次世代機の開発を行なうことになっている。

目標は、一九四一年に次世代機の量産化のメドがたつこととなっている。

つまり現在開発中の零戦改や隼改といったものは、あくまで戦争開始時点に間に合わせるためのもので、その後は速やかに後方支援用と軍備ストックとして確保され、最前線では次世代機が活躍することになるのだ。

戦前の機種でも、開戦初頭では無敵なのがわかっている。

それをあえて予備機にするのは、合衆国軍の圧倒的な開発力でも追随できないようにするためだ。

こうしておけば合衆国は、物量で対処するしかなくなる。

一機の次世代戦闘機を落とすため四機以上の米軍戦闘機が必要になる状況を保てれば、日米の物量差は永遠に埋まらない。これが武人の描いた対米戦略である。

これは戦闘機だけの事ではない。

戦車や銃砲、艦艇、軍の輸送手段など、ほぼ戦争のすべてを網羅して計画されている。

それらを円滑に可動させるためには、まず交通インフラの整備が必要不可欠なのである。

三

一九三八年（昭和一三年）四月　令和日本

「いや〜。最初に連絡うけた時って、てっきり冗談だって思ったんだけど、たった二年でここまで行けるなんて自分でも思ってなかったぜ」

社長の水島健一《みずしまけんいち》が、机の上においたラップトップ・パソコンでネット会議をしている。

ここは令和世界の東京・大森。

第一京浜道路のすぐ近くにある小規模な物流倉庫兼社屋の社長室。

大きな机の上に書類と業務用のコンピュータ端末が雑然と置かれている。

『いやいや、成功したのは商学部出身の水島先輩あってのことですよ。僕がやったのは金を工面したことだけですから』

ディスプレイのむこうにいるのは鳴神武人だ。

武人はいま、自宅マンションに近い場所——最寄りの駅から三分ほど離れた、雑居ビルの二階にいる。

そこには『高島エブリィ』という名の会社事務所がある。

ここも武人が資金を融資して設立させた会社である。

「あのな、鳴神。世の中、金を持ったやつが一番強えーんだよ。俺の『ネットバーンショッピング』と『ネットバーンオークション』だって、おまえが初期投資をしてくれなきゃ淘汰されてたんだからな」

『はいはい先輩。前置きはそれくらいにして仕事の話に入りませんか？　オークションの出品はこっちの仕事ですけど、ネットショップは先輩じゃないとコントロールできませんからね。今月の発注書、はやくエブリィに出してくださいよ』

「そんなの、充《みつる》のやつにやらせろよ。わざわざオーナーがやるこっちゃないだろ？」

充とは、高島エブリィの社長をやってもらっている高島《たかしま》充のことだ。

高島充も武人の先輩で、こちらは経済学部出身である。

高島エブリィは、令和世界と昭和世界の商品取引をコントロールするための会社だ。

武人は未来研究所を通じて、千鳥ケ淵の近衛師団司令部の近くにダミー会社『東亜振興物産』を設置している。

この会社は、昭和世界の物品——絹製品／高級陶磁器／高級家具／オーダーメイドの彫金具／象眼宝飾品などなど、主に職人芸や人手を必要とするものの、令和世界にくらべて工賃が異常に安い部門の製品を仕入れさせている。

仕入れた品物は、近衛師団のトラックで皇居地下壕の地下一階西通路に武人が新設した時空ゲートを通じ、高島エブリィの倉庫ゲートへ搬出される仕組みになっている。

むろん秘密裏に、帝国政府が調達した古美術品や価値のある貨幣その他も、ここから令和世界に出荷されている。

『高島先輩はいま、破棄民家の丸ごと買い入れのため九州に出張中ですよ。だから僕が代役を頼まれたんですよー。もちろん表立ってのことじゃないんですけどね』

「うーん……破棄民家は宝の山だからなあ。まっ、仕方がないか。そういや、前回の埼玉の破棄民家で回収した太陽発電ユニット、さっそく昭和世界に持ちこんだんだって？」

『はい。なにせ完動品でしたし、二四時間電気が使えるよう大容量のバッテリーまで装備してたもんで、そっくりそのまま再利用させてもらいました。いまじゃ皇居の地下施設の電力をまかなう重要機材になってます』

破棄民家からは、このほかにも家電製品やユニットバス、ユニットキッチン、各種建材、生活用品など、令和世界ではゴミにしかならない大量の廃棄物が出る。

しかし、それらを昭和世界に持ちこむだけで、大半が宝の山になるのだ。

ただしゲートを通しての物品移動には、武人の時空転移能力が不可欠となる。

そのため武人は、定期的にゲートのどちらかにおもむき、自らフォークリフトやトラックを運転して受け渡しを行なっているのである。

令和世界からは、いくつかの小規模な会社を通じ、中古家電／放出された軍用品／古本・新本／各種スクラップなどを搬出している。高島エブリィは、それらの元受け会社なのだ。

令和世界ではゴミやクズ、ほとんどタダで入手できる品々を集め、高島エブリィが管理するネットバーン敷地内の貸し倉庫に納入し、武人の手によって昭和世界に送り出されている。

もちろん令和世界でも価値があるものは、ネットバーンで中古販売したりオークションにかけて売り払う。

昭和世界から持ちこまれる古美術品などは、出所を令和世界の個人に擬装した上で、同じくオークションにかけられ、驚くほど高額で売買されている。

両会社は正規に登録したものだし、税制上も適法な運営をしているため、いまのところ税務署に目を付けられるといった事態にはなっていない。

これまでは武人個人で行なっていた資金確保と

昭和世界への物品搬送を、いまは会社レベルで代行できるように組織化したのである。

「そうだな……最近アメリカで、明治から大正にかけて造られた木彫食器箪笥が好評だから、あと一〇〇セットくらい頼むわ。それと西ヨーロッパじゃ、絹製品だけでなく絹製の浴衣をネグリジェ代わりに使うのが流行ってるから、高級な刺繍とかレース織りとかのやつ一万着、なんとかならねーかなあ？」

『箪笥のほうは手配できると思いますけど、浴衣はすぐにはムリですよ。昭和世界の服飾工場に発注して大車輪で作っても、数がそろうのは一ヵ月後くらいになりますから。すこし待ってもいいのなら発注かけますけど』

「それでいいよ。そのほかの発注……有田焼と伊万里焼の手描き高級品は、いつもの数を頼む。諏訪で作ってる軍用腕時計は、ここのところ売り上げが落ちてるから様子見だ。久留米絣と大島紬は大人気だから追加で可能な限り手に入れてくれ。

発注書は、高島の倉庫からそっちに送る品といっしょに送るからな。でもって肝心のオーナーの取り分だけどな。今月は二億くらいになってる。これは鳴神の個人事務所に振り込んでいいんだよな？」

『先輩！　それダメですよー!!　そんなことしたら、税務署に目を付けられちゃうじゃないですかー。僕が直接取るのはコンサルタント料だけです。これは個人事務所に振り込んでも大丈夫。でもオークションとかの売り上げは、ダミーで用意した出品者の口座にいれてください。ネットショップの売り上げは、エブリィにお願いします』

「めんどくせーなー。だいたい、昭和世界のことを知ってるの、俺と高島の二人だけだろ？　あとの社員はみんな、まっとうな商売をしてるって信じてるから、まず足がつくことはないと思うんだけどな」

令和世界に、昭和世界のことを知られるわけにはいかない。

もしバレたら、間違いなく政府案件になる。

へたをすると国際案件になる可能性すらある。

そのような危険は、最初から除外しなければならないのだ。

『用心するに越したことはありませんよ。令和世界で事が露見すると、ヘタするとすべてがオジャンになってしまうかもしれませんからね。最悪、ネットバーンも高島も解散して国外脱出、どこかの国で地下に潜るハメになるかもしれません。それくらいの覚悟で、僕は昭和世界に肩入れしてるんですから、先輩たちもその気でお願いしますよ！

あっと、このPvP方式でやってるネット会議も、絶対に記憶媒体に保存しちゃダメですからね！　会議が終了したら、専用に僕が作った完全記録削除アプリを実行してくださいね!!』

「お、おう……わかったよ」

かなり強い口調で言ったため、水島はパソコンの画面を前にしてドン引きしている。

しかし『いまの生活を守りたかったら最善を尽くせ』という武人の言い分は、しっかり伝わったようだ。

この御時世、水島や高島のような世間の道を踏み外したような三〇歳台のおっさんが、これからまっとうな職につけるわけがない。

となれば鳴神武人とグルになって、稼げるだけ稼いで、あとは悠々自適の人生を送る……。

武人はそのような人生を歩むつもりは毛頭ないが、少なくとも先輩の二人はそう思っている。

『それじゃ、僕は昭和世界に戻りますから、あとは宜しくお願いしますね』

用件が終わると、武人はさっさとネット会議の回線をシャットダウンした。

「うー、まあいいか。うまい話にゃ落とし穴があるっての、大昔からの常識だからな。それに武人がなにをやろうが、基本的に令和世界にはなんの影響もない。変わるのは昭和世界だけだ。そして俺たちは、両世界のあいだを取り持って大金を稼がせてもらう……こんな美味い話、どこにもないぞ。だから手放してたまるか！」

はたから見れば、どこにでもある新興のベンチャー企業。

実態は、ほとんど元手のかからないボロ儲けの会社だ。

仕入れ代金はゼロ……。

反対に、令和世界で二束三文で手に入れた廃棄物や中古品は、昭和世界に入った途端、宝の山となる。

それらの大部分は、帝国政府が買いあげた上で民間企業にタダ同然の値段で提供しているから、昭和世界の企業にとっても大変に美味しい状況になっている。

しかも昭和世界では、それらのありふれた物品を解析して特許申請すれば、全世界から特許料が入ってくるのだ（重要な特許については、鳴神の会社『東亜振興物産』が漏れなく確保している）。

解析できなくとも、令和世界の特許情報は、金を払えば手にはいる……。

つまり水島たちの会社が支出する費用は、このガラクタ品の仕入れ代金だけなのだ。

それも廃棄民家などの場合、少子高齢化の影響で、金を払ってもいいから整理してくれという案件が、ネットに溢れている。

高島エブリィは、いわゆる『整理屋』を下請け会社として運用しているのだ。

そのためアルバイトを雇うだけで、タダ同然、へたをすると整理費用を受けとってガラクタを集めまくることができるのである。

ほぼ一方的に、両方の世界から現金を集める組織構造……。

これはまさしく現代の錬金術だ。

それらで得た金を鳴神武人は、惜し気もなく昭和世界を発展させるための資料や現物の購入に当てているのである。

四

一九三八年（昭和一三年）七月　朝鮮北東部

朝鮮半島の北東部にある満州とソ連の国境——国際河川である豆満江《とうまんこう》を境とする張鼓峰《ちょうこほう》地区。

そこへソ連軍が侵攻し、張鼓峰頂上へ進駐する事態となった。

張鼓峰地区は日本とソ連が領有権を主張している場所で、いわゆる国境紛争地帯だ。現在は日本の守備隊が実効支配している。

つまり今回のソ連軍は、日本の守備隊を駆逐して居座ったことになる。

日本側は当初、外交的手段でソ連軍の進駐を非難し、ただちに撤収するよう求めた。

だがソ連側はこれを拒絶、さらに近くの沙草峰にある日本軍の陣地へ進撃したが、これは日本軍守備隊に撃退された。

そして七月三一日。ソビエト連邦陸海軍人民委員のクリメント・ヴォロシーロフは、第1沿海軍とロシア太平洋艦隊に動員令を下し、事は一気に極東戦争の気配を濃くしていった。

　この時期に極東ソ連軍が張鼓峰へ手を出してくることは、すでに『鳴神武人の予言』によって日本は承知していた。すなわち、令和世界における史実と同じことが起こったのだ。

　そのため豆満江の西岸にあたる満州国管理地区には、最新鋭装備で固めた帝国陸軍第一九師団が目だたないように配備されていたのである。

＊

「戦車中隊、前へ」

　最新鋭の九五式中戦車五輌が、すばやく動きはじめる。

　出だしの良さは、ガソリンエンジン搭載車の特徴だ。低速トルクはディーゼルエンジンのほうが大きいが、令和世界の技術で性能を向上させたガソリンエンジンは、ともかく回転の上がりが速く、トルクより馬力でダッシュする。

　第一九師団第七五連隊隷下の第一戦車中隊長兼第一戦車小隊長——笠置連太郎《かさおきれんたろう》中尉は、手にもった通話マイクにむけて命令を発した。

　見れば笠置の頭には、右耳だけヘッドホンがついたヘッドセットがかぶさっている。

　受信はヘッドホン、送信はマイク。まぎれもなく『無線電話機』だ。制式名は『三五式乙型超短波無線電話装置』である。

　タイプは車載型で出力は五〇ワット。七〇メガヘルツAM波の仕様となっている。

　この無線電話、いまでは日本陸海軍で広範囲に使われる予定となっている。

　搭載車種は多岐にわたる。戦車／装甲車／戦闘車（令和世界に存在した三菱ジープに三リッターエンジンを搭載したもの。重機関銃搭載）／軽戦闘車（令和世界の軽四駆トラックを参考に設計され、それに一・五リッターエンジンを搭載したもの。軽機関銃搭載）、軍用トラックにも搭載され、自動車化部隊の連携を密にするための中核装備となる予定だ。

三五式乙型の到達距離は、見通しのよい高台だと五〇キロにも及ぶ。

平地で障害物がない現在のような場所では、およそ一五キロから二〇キロ。市街地などでは四～七キロしか届かないが、この時期に音声で通信ができること自体、日本軍にとっては驚異的な出来事である。

この無線機は軍だけでなく、民間製作会社でも最高機密に指定されている。全面的な最高機密に指定されたのには、それなりの理由があるのだ。

無線機の最終段階にあたる出力増幅には、新開発の五極真空管が使われている。それだけでも驚きなのに、その他の回路部分には、なんと接合型のゲルマニウムトランジスタやダイオードが使用されているのだ。

ゲルマニウムは、石炭が燃焼したあとの煤《すす》に含まれている。

昭和世界では一般家庭の風呂焚きにも石炭が使われているから、煙突掃除で大量の煤が手にはいる。それが宝の山に変貌したのである。

すでにゲルマニウム半導体は開発が完了、実用化されている。現在はさらに高い性能を得られるシリコン半導体と初歩的なＩＣ（集積回路）の開発が始まっている。

笠置の乗る九五式指揮戦車には、さらに一八メガヘルツ帯の短波無線電信装置も搭載されている。これは三四式乙型短波無線電信装置と呼ばれていて、おもに後方の野戦司令部との通信に用いるものだ。

余談だが、この無線電話機の姉妹機として三五式内型超短波無線電話機がある。こちらは出力一〇ワットと低いが、なんと背負い式の携帯無線電話だ。

　将来的には発展型が、小隊装備として採用されることが決定している。現在は連隊所属の偵察中隊と対戦車・擲弾中隊にのみ配備されている。

――ゴオオオーッ！

三菱Ｖ型一二気筒二四リッター液冷ＳＯＨＣガソリンエンジンが吼《ほ》える。

　このエンジンは武人が伝授した未来技術により、五年前に開発が始まった、まったくオールニューの国産エンジンだ。

　粗雑な鋳造エンジンブロックでも高性能が引きだせるよう、シリンダー部分には鍛造製のクロム鍍金加工されたスリーブが打ちこまれている。このスリーブ内にピストンがあり、上部が燃焼室となっている（これは陸海共通のエンジン形式として採用されている）。

　また液冷のため、エチレングリコール不凍液を循環させる水路がエンジン内に組みこまれている。この水路がスリーブ部分の周囲では解放されているため、まるでスリーブが不凍液に浸かっているかのような状態になっている。むろん冷却効率は抜群だ。

　出力は定格で三二五馬力。

　この強馬力で重量一四トンの車体を最高時速四五キロまで加速させる。

　主砲は九六式五七ミリ五七口径戦車砲。

　これは令和世界に残っていた、旧陸軍の試製機動五七ミリ対戦車砲の設計を元に製造したものだ。

　砲の口径こそドイツの4号戦車に及ばないものの、砲身内にクロム・ニッケル鍍金をほどこし、ライフリングにも令和世界の最新知識を採用したため、モデルとした試製機動五七ミリより高性能になった。

五七口径というこの時期では長砲身といえる強力な貫徹力は一〇〇〇メートルで六五ミリと凄い。これはドイツの3号戦車や4号戦車の前面装甲を貫通できる能力だ。

車体と砲塔は、今年から陸軍で開発する予定だった九七式中戦車（チハ）の完成設計図や写真／専門書籍などを令和世界から持ちこみ、昭和八年から設計改良と開発を進めてきた。

最終的には全長七・二メートル、全幅二・八メートル、全高二・五メートル――昭和一三年現在ではドイツの2号戦車をはるかにしのぎ、のちの4号戦車に匹敵する性能を叩きだしたのである。

画期的なのは、この世界において史上初となる『傾斜装甲』を採用したことだ。

砲塔／車体装甲は、リベット接合と電気溶接を併用している。そのため、旧軍の九七式のようなリベットだらけの外観ではない。

これを実現するため鳴神武人は、なんと鉄工所などで広く使用されているアーク放電溶接の道具一式を、自分で抱えて昭和世界へ手渡した。

アーク溶接自体は、昭和世界でもすでに実用化されている。

しかし武人が持ちこんだものは、アルミ溶接やマグネシウム溶接も可能なフラックス（溶剤）をともなっていたため、これが一九三〇年代においては世界最先端の技術だったのだ。

しかも『手溶接（棒溶接）』と呼ばれる最も初歩的なもののため応用性に富んでいる。

現在は大学や研究所による四年間の試行錯誤を経て、大型船舶から自動車／戦闘車輌、プレス鋼板製の銃砲部品の溶接（弾倉その他）、航空機の骨格材などなど……まだリベットやネジ止めと併用ながら、ほぼ全面的に採用されつつある。

アーク溶接のほかにも、専門的な資料としてアルゴン溶接／アセチレンガス溶接／抵抗溶接などが提供され、現在は一部の実用化とさらなる研究開発が進んでいる。

これら溶接の全面的な導入は、日本軍の装備の軽量化と強度アップ、大量生産への道を劇的に進めることになったのである。

さらには……。

砲塔前面七〇ミリ、車体前面六〇ミリの装甲（傾斜装甲換算）は、自砲にも耐えられる基準として採用された。実際の装甲厚はもっと薄いが、傾斜させることで実用装甲厚を得られるため、これまた軽量化に貢献している。

これは4号戦車の砲塔五〇ミリ車体八〇ミリと比べると、砲塔と車体の厚さが逆になっているが、その後の戦車の歴史では砲塔装甲が厚いのが常識になっていくことから、時代を先取りした設計といえる。

「目標、豆満江東岸。敵戦車を発見したら、すかさず撃破せよ」

笠置のマイクに語りかける声が止まらない。

この電波は、指揮下にある三個小隊一五輛へ確実に届いている。

『こちら第二小隊長の中森。前方対岸にＴ‐28が並んでいる。数四輛』

Ｔ‐28の砲塔前面装甲は二〇ミリしかない。

車体前面装甲はやや厚い三〇ミリ。

どちらも九五式中戦車の五七ミリ砲にとってはブリキ板みたいなものだ。

「そっちの戦車は第二小隊にまかせる」

『了解』

敵の戦車は、こちらが正面をむけているかぎり脅威にはならない。

問題は、敵の後方から射ってくる野砲だ。

ソ連軍が大量に保有しているＭ１９０２／３０——七六ミリ野砲は、貫徹力が五〇〇メートルでたった五六ミリしかない。そのため曲射で戦車上面を狙われなければ撃破されることはない。

問題は、この地にも配備されている最新鋭のＦ‐22——七六ミリ野砲だ。

この砲は条件が良ければ、五〇〇メートルで六〇ミリの貫徹能力をもっている。たった四ミリの差だが、これが生死を分けるのだから無視できない。

日本軍はこの情報を武人から与えられている。だからソ連軍が野砲を直射で射ってきたら、ただちに後退するよう命じてある。

——バゥン！

遠くから戦車の主砲射撃音がとどく。

軽めの射撃音は五七ミリ砲独特のものだ。

砲塔上部のハッチから上半身を出していた笠置連太郎は、川の対岸にある土手にいたＴ‐28が砲塔を吹き飛ばして撃破されるのを見た。

砲塔ではなく車体前面に着弾し、そのまま装甲を突き抜け車内で爆発したらしい。それは戦車教本に載せたくなるほどの典型的な正面撃破だった。

『一輌、撃破！』

第二小隊から報告がとどく。

おそらく徹甲弾による戦果だろうが、日本戦車がソ連戦車の前面装甲を射ち抜いた歴史的瞬間である。

もしこれが令和世界の史実にあった九七式中戦車だったら、五七ミリ一八・四口径主砲になる。貫徹力は三五〇メートルで二五・七ミリしかない。

現在のように六〇〇メートルへだてた川の対岸にいるＴ‐28だと、正面からの撃破は絶対に無理……。

足まわり部分か後部に命中させ、当たり所がよければ撃破できる可能性はある。だが、敵も死にたくないだろうから隙をみせないはずだ。つまり今回の初撃破は、あくまで鳴神武人の支援があってはじめて実現できたことになる。

「第一小隊。目標、対岸の機関銃陣地。弾種、榴弾。射てッ！」

第一戦車小隊の正面に敵戦車はいない。

かわりに川の土手に土嚢を積んだ機関銃座が、一定間隔で設置されている。

――バウウウンッ！

五輌の九五式戦車が、ほぼ同時に射撃する。

ここの川幅は約四〇〇メートル。

笠置小隊の正面に敵の戦車がいなかったのは、川幅の関係で撃破される可能性があると判断したためだろう。

もっともせまい場所は一六〇メートル。現地点から北北東へ三・五キロ離れた地点だが、そこは渡河地点として第一歩兵連隊が待機している。

一五分が経過した。

「敵の機関銃座、すべて破壊！」

『敵戦車、すべて撃破！』

無線の声と射撃手の声が錯綜《さくそう》する。

正面の脅威が排除された。そう判断した笠置は、装填手兼通信手の山下二曹の背をかるく左足で蹴る。

「野戦司令部へ電信連絡。第一戦車中隊は目的を達成せり。応答があるまで発信しろ」

「了解！」

すぐに軽やかなモールス信号を打信する音が聞こえはじめる。

これから先は歩兵連隊の出番だ。

ただしその前に、砲兵大隊による徹底した縦深砲撃が行なわれる。

大半が機動九〇式七五ミリ野砲（九〇式野砲を機動牽引式に改良したもの）だが、中には面白い装備が混っている。

――シューッ！

それがいま、後方三キロから発射された。

試製二〇センチ噴進砲。まだ制式採用すらされていない、正真正銘の最先端兵器だ。

もとになった設計図は、令和世界からもってきた旧陸軍の四式二〇センチ噴進砲のもので、これに令和技術である固体燃料ロケット用のコンポジット推進剤を使っている。そのため射程は、なんと一〇キロにまで延びている。

全長二メートル、重量一八五キロ。

全長は変わらないが、重量は旧軍のものより四〇キロも軽い。これは発射筒の材質を軽量耐熱合金に代えたためだ。

これが二〇門。目標はソ連軍に占領された張鼓峰と、日本軍守備隊が立てこもっている沙草峰の周辺。

一門につき一〇〇発を用意しているから、合計で二〇〇〇発もの猛射となる。

――ドドドドッ！

負けじと九〇式野砲も火を吹く。

九〇式は噴進砲中隊のさらに後方五キロに砲兵陣地を展開しているため、発射音がとどくまでに時間がかかったようだ。

『こちら第三戦車小隊。南峰山東方地点から第一歩兵連隊が渡河を開始しました！　引き続き支援攻撃を行ないます!!』

笠置たちがいるのは張鼓峰のほぼ真西にあたる松乙峰地区だが、渡河地点は北北東にある南峰山東の川がせばまっている場所となっている。

そこには第三／第四戦車小隊が支援のため移動していた。

「敵の様子はどうだ？」

『敵戦車六輌と機関銃座八箇所、あとは渡河を阻止するため設置された塹壕地帯の敵守備隊ですが、すべて事前の砲撃で破壊もしくは撃破、敵守備隊はすでに沙草峰方面へ退散しています。

　敵後方にいる砲兵部隊は、こちらの渡河を嫌っているのか、松乙峰地区の歩兵連隊へ集中攻撃をしかけています。そのせいで、味方の戦車部隊と砲兵部隊の被害はないとのことです！』

　こちらの砲兵支援で敵砲兵陣地を潰すまでに、歩兵連隊の被害が出てしまう。

　あまり時間をかけるとまずい……。

　作戦予定では、渡河開始とともに陸軍航空隊による支援攻撃が始まることになっている。いまは彼らが頼みの綱だ。

「了解した。引き続き、気を引きしめて任務を遂行しろ」


　戦場で音声による意志疎通ができると、ここまで適確に状況を把握できる。

　実戦で使ったのは初めてだが、訓練は腐るほどやった。だが、敵の実物がいる状況での使用でないと、真の利便性はわからない。日本軍はいま、それを学びつつあった。

　ソ連軍は、予想だにしなかった日本軍の強烈な攻撃をうけ、慌てふためいて後退したらしい。

　それもそのはず……今回、日本軍が行なった攻撃は、従来より四倍以上もの火力を集中投入する、いわゆる『物量作戦』として実施されているのだ。

　ソ連軍が得意とする縦深砲撃すら、それを上回る砲撃とロケット弾攻撃で圧倒する……。

　これは実力をともなったハッタリである。

　それはハッタリとは言わないと指摘されそうだが、ハッタリたる由縁は日本側の弾薬保有量にある。

実のところ、ここにいる部隊の弾薬保有量は、物量作戦を維持できるほど潤沢ではない。

だから、ただの一回、全力で攻撃してハッタリをかます。

もしそれで敵が怯まなければ、朝鮮内の補給所から弾薬を搬入しないかぎり、同程度の攻撃は不可能になる……。

だからハッタリである。

しかし、ここまで大火力で攻めれば、ソ連軍は日本が本格侵攻してきたと勘違いする。その結果、尻尾をまいてウラジオストクへ逃げかえる……それを期待しての集中攻撃だ。

もし退散しなければ、明日に仕切りなおしてさらなる大ダメージを与え、その隙に孤立している日本軍守備隊を救出する予定になっている。

肝心の陸軍航空隊だが、これが凄い。

九五式戦闘機（隼Ⅱ型の設計改良版）と九四式爆撃機（一〇〇式重爆撃機『呑龍』の設計改良型）、そしてまったく新しい機種となる九五式対地攻撃機（三菱九九式単発爆撃機をもとに再設計したもの）なのだ。

どの機も、この戦いのため突貫で増加試作にこぎつけ、今年から量産態勢に入っている。

機体組立てにリベットは最小限しか使わず、ほとんど新規開発した金属接着剤で外板を張りつけている。

これと機体骨格材の材質改良やプレス鋼板化（もしくはアルミ合金化）、溶接による接合、車輪を引きこみ式にしたりといった改良が重ねられ、結果的に双発機は二〇〇キログラム以上、単発機でも一〇〇キログラムほど重量が軽減されている。

軽量化の恩恵は、操縦席まわりや燃料タンクの分厚い装甲板に生かされている。性能の向上は改良エンジンでたたき出してあるから、こっちは丸ごと防御に当てたことになる。

とくに九五式対地攻撃機は、地上からの一二・七ミリ対空機銃の射撃や一部の高射砲弾の断片にも耐えられるよう、機体下面すべてに装甲板が張り巡らされている。

この機は地上攻撃の専門家だ。

相手が戦車だろうが砲兵陣地だろうが、両翼にある四挺の一二・七ミリ機銃と、プロペラ軸を貫通して設置されている三〇ミリ機関砲で殲滅する。

それでもしぶとく生き残った敵には、翼下にぶらさげた各種爆弾をお見舞いする……。

搭載している爆弾は、他国の軍が知ったら卒倒しそうなものが混っている。

その名は『二〇〇キロクラスター爆弾』。

クラスター爆弾の正式名称は、『九四式二〇〇キロタ弾』という。九五式対地攻撃機だと両翼に一発ずつ、合計二発を搭載できる。

この特殊爆弾は、陸軍九五式戦闘機にも一発は搭載可能だ（ただし戦闘機の爆装は極端に戦闘能力が落ちるため、どうしても爆撃が必要な時以外は搭載しないよう運用指針で定められている）。

親爆弾内に六〇個の子爆弾を内蔵し、投下後に分解・散布される。

おもに対戦車／対人用として絶大な破壊力を発揮する。むろん極秘の最先端兵器である。

この戦いに日本は、なんとしても勝たねばならない。

令和世界の史実では、日本軍が敗退した結果、張鼓峰一帯はソ連軍に奪取され、日本政府はその後、屈辱的な停戦申し入れを行なっている。

だからこそ、ここで日本軍が圧勝しなければならない……そう鳴神武人は力説したのである。

*

戦闘結果は、予想どおり日本側の完勝となった。

正確には圧勝かつ完勝である。

三日のあいだ続いた戦闘は、ソ連領にあるハサンの町ちかくまで日本軍が攻めた結果、あわてたウラジオストクのソ連軍指導部が停戦を申しでる顛末となった。

今回の戦闘は、あくまで国境紛争であり正式な戦争ではない。

双方が領有を主張している場所での戦闘は、戦争とは別枠の国境紛争として扱われる。ソ連は戦争にならない領土不確定地点を突いて攻撃してきたわけだが、意に反して撃退されたのである。

結果的に日本軍は、紛争地帯だった張鼓峰地区の全域を、以前にも増して強固に実行支配してしまった。

こうなるとソ連側は、日本軍を実力で排除するため大軍を派遣するか、そうでなければ日本の実行支配を認めるしかなくなる。

もしソ連が完敗しなければ、あれこれ外交的に表と裏を駆使して、事変そのものを不慮の事故扱いにできたかもしれないが……完敗してしまえば日本が譲歩する可能性がないため無理だ。

日本は一方的に攻められた側のため、国際的にソ連の非を糾弾する権利がある。

もし国際的な調査が行なわれ、それでソ連に不利な裁定が下されたら、つぎにくるのは賠償問題である。

通常の領土問題だと、日本に対し紛争地域の所有権を認めるだけで済む。

だが、すでに日本軍により実効支配されている場所のため、それだけで許してもらえるはずがない。

　となると別の賠償……たとえば別の未確定地域の割譲に応じるとか、もしくは莫大な金銭で埋めあわせするしかない。

　これも断れば、日本はソ連に対し、正当な懲罰戦争をしかける権利を持つことになってしまう。

　そうなると本物の戦争になる。すなわち第二次日露戦争である。

　ふつうに考えれば、ソ連のような巨大国家に日本が楯突くとは思えない。だが、すでに日露戦争という前例があり、しかも日本は勝っているのだ。ソ連からみれば、日本は『戦争をしでかすかもしれない危険な国家』なのである。

　令和世界で独ソ不可侵条約が締結されたのは一九三九年の八月だ。

　したがって現在――一九三八年の昭和世界では、まだこの条約は締結されていない。

　ソ連のスターリンが、『ドイツはソ連に対して戦争を仕掛けるのではないか？』と猜疑の念を深くしている時期にあたる。

　そのような時期に日本と戦争をはじめたりしたら、ヒトラーが牛耳りはじめたドイツにおいしい餌を与えるようなものだ。

　日本と歩調をあわせてドイツまでソ連に侵攻してきたら、ソ連は戦力を東西に分断されて苦戦を強いられる……ヘタをするとモスクワやシベリア深くまで攻められ国家が崩壊する。

　そこは計算高いスターリン。

　停戦後の日本との交渉において、張鼓峰地区すべてを放棄することを確約した上で、積極的に日本の要求を聞きいれる姿勢を示したのである。

　国際社会はこの譲歩を、ドイツの動向を見るための時間稼ぎと受けとった。

　おそらくスターリンも、そのつもりだったのだろう。

だが……日本が要求したものは、スターリンにとって予想外のものだった。

『沿海州のポジャルスキー地区で採掘されるスズ鉱石のスラグ（ウォルフラム）を日本へ有償供与すること』

ウォルフラムとは、スズ鉱石の中に含まれるタングステンのことで、これがスズ鉱石に混入するとスラグ（鉱滓《こうさい》）を生じるため、《精錬を阻害する悪者》として扱われている。

この時代、タングステンは主に電球のフィラメントとして採用されはじめているが、超硬合金としては、一九二〇年代にドイツで発明されてから日がたっておらず、合金製造の難しさもあり、まだ一般化していない。

つまり日本は、ソ連にとって役にたたない鉱石クズを欲しがったのだ。

しかもタダ同然の低価格とはいえ、有償で引きとるという提案なのだから、スターリンが驚いたのも無理はない。

むろん日本側も、『ウォルフラムの金（ゴールド）に近い重量を活用すべく、一般船用の錨に活用する』と、もっともらしい理由をつけている。

日本は海洋国であり、商船や漁船など、ソ連とは比べものにならないほど多数の船舶が存在する。

その錨の素材として使いたいという説明は、大陸国家にとっては興味の外であり、どうでもいい理由として受けとられる。

だからこそ、あまり深読みせずに、ソ連にとって思いのほか有利という理由だけで了承する可能性が高い……。

謹皇会は、最初からソ連をだますつもりで、来日したばかりのゾルゲに『錨の重量増に関する切実な商船会社と漁民たちの嘆願』という偽情報を流し、この日本政府による公式の要求を裏打ちさせたのである。

　謹皇会がもくろむ真の目的は、タングステン合金による超硬度切削工具の開発と、タングステンカーバイト合金による装甲の抜本的強化、同じく合金による新型徹甲弾の開発、徹甲爆弾や徹甲砲弾の被帽強化、プラズマアーク溶接・切断の電極材料……つまり完全に軍事用途だった。

　この時代だと、まだタングステンを軍事用途として広範囲にあつかう技術がない。

　なにしろ融点が三三八〇度と金属の中でもっとも高いため、精錬するだけでも特殊な溶融炉が必要になるのだ。

　鳴神武人が令和世界から持ちこんだ、パラタングステン酸アンモニウムを利用してタングステン粉末を作成し、それを粉末冶金する方法がなければ、とても大量生産などおぼつかないのである。

　こうして造られたタングステン粉末を特殊焼結し、その後に鍛造することでタングステンインゴットが完成する。

　これらの行程には、当然のことだが特殊な冶金技術や鍛造技術、それらを可能とする特殊な装置が必要になるが、さすがにこれらの実物を令和世界から持ちこむことはできないため、昭和世界で最優先開発することになった。

　最終的にスターリンは、日本の要求を呑んだ。

　これには、ちょっとした秘策があった。日本はソ連政府に対し、ウォルフラムの提供を拒否した場合には別の案を呑むよう要求していたのだ。

　つまり第一案を拒否したら第二案を要求すると、遠まわしに脅迫したのである。

　その要求とはつぎのようなものだった。

『第一案を拒否する場合、第二案としてシベリア中央部における日本の鉱物採掘権を認めること。

それも拒否する場合、日本はソ連政府が真摯な態度で賠償に応じる気はないと判断し、今回の停戦が欺瞞であることを内外に発表する』

まさにソ連の弱点をつつきまくるような要求である。

一方的にソ連が攻め、一方的にソ連が負けた紛争。どう見ても非はソ連側にある。これを国際政治の舞台で裁定されたら、ソ連の立場は一方的に悪くなる。

反対に日本は、ソ連に対し制裁する権利を保留していることになり、この状態で停戦が解除されたりすれば、日本軍は錦の旗をふりながら当然の権利——本来得られるはずだった権益を刈り取りはじめる。

すなわち、国際社会が容認するレベルに限局しての、ソ連領への侵攻である。

当然スターリンは、もっともソ連にとって利益となる第一案を呑むしかなかった。

かくして……。

たった三日間のミニマムな紛争だったが、この戦いが世界に与えた影響は計り知れないものとなった。

とくに日本軍が物量作戦で強引に攻め、勝利を実力でもぎ取ったことが話題になった。

かつて日本は日露戦争に勝利した。あれは偶然の産物でもなければ度外れた幸運でもなかった。

やはり日本はソ連に実力で勝ったのだ……そう言いはじめる国が増えたのである。

日本はすでに国際連盟から脱退しているため、あらためて国連の調査団がやってくることはない。

だが、かわりに合衆国の調査団がソ連領内へはいり、日本軍がなにをしでかしたか仔細に調査していった。

くわしい調査の結果、紛争地域内にいた日本軍守備隊（張鼓峰地区国境守備隊）は本当に防戦しか行なっておらず、朝鮮側から日本軍が支援に出なければ、三日以内に全滅していたと推定された。

　また支援に出た日本軍は、満州区域からただの一兵たりとも満州軍を出させなかった。あくまで紛争は日ソ間のもので、満州国は関わっていないことを内外に知らしめたのだ。

　さらに駄目押しするかのように……。

　一ヵ月後の八月三〇日、日本政府と満州政府が合同で、豆満江に隣接する満州国の領地を、同一面積でバーター交換する『日満領土交換条約』が締結された。

　バーター地区として満州国が受けとったのは、まったく別の地域――朝鮮北部チャガン郡にある豆満江の蛇行でできた巾着状地域だった。

　朝鮮は日本の併合地のため、これで日本とソ連の国境が確定したことになる。

　朝鮮に駐屯している日本軍が、満州国の領土を経由せずにソ連領へ進軍できる状況が完成したわけで、これから先、二度とソ連軍による張鼓峰地区への侵略を許さないとの決意を内外に示したのである。

五

一九四〇年（昭和一五年）一月　昭和日本

　厳重に警護された、市ヶ谷にある陸軍参謀本部。そこの大会議室において、いま『国家戦略会議』が開かれている。

　議長は宇垣一成首相。参加者は杉山元陸軍大臣、八木秀次《やぎひでつぐ》大阪帝大理学部物理学科教授、東工大の加藤与五郎《かとうよごろう》教授、東北帝大の岡部金次郎《おかべきんじろう》教授。浅原源七《あさはらげんしち》日産自動車役員（軍用トラック部門の中心人物）、豊田喜一郎《とよだきいちろう》トヨタ自動車工業株式会社副社長。

東條英樹対満事務局総裁、星野直樹《ほしのなおき》総力戦研究所所長、有田八郎《ありたはちろう》外務大臣、桜井幸雄大蔵大臣、吉野信次《よしのしんじ》商工大臣、児玉秀雄《こだまひでお》内務大臣、根元博《ねもとひろし》暫定諜報局長、各省庁の官僚。

そして記録に残らない非公式オブザーバーとして、鳴神武人最高顧問と帝立未来研究所所長となった仁科芳雄《にしなよしお》博士、研究所に所属する研究員が数名、謹皇会からは山本五十六海軍次官が参加している。

鳴神武人が公の場に出るのは初めてだ。

いつまでも秘密にしておけない。そう判断され、ここに限定的だが初顔合わせとなった。

海軍大臣の米内光政はスケジュールの調整が間にあわず不参加となったが、その代わりに山本五十六が参加している。

ともかく、すごい顔ぶれである。

日本の政・財・学の重鎮が勢揃いしている。

それも当然だ。この会議は、今年の四月に発足する予定になってる『帝国統合軍』およびに、それを統括する『帝国軍統合総司令部（常設大本営）』を円滑に機能させるため、国家基本指針を策定する組織の立ちあげを目論んだものだからだ。

帝国統合軍の最高司令官（正式名は『帝国軍総司令官』）は、むろん陛下である。

当然だが陛下は、帝国軍統合総司令部の最高司令官も兼任している。

つまりこの会議は、陛下の最高命令を先取りするかたちになっているのである。

ちなみに……。

帝国統合軍の総司令官が陛下のため、陸軍最高位の参謀総長と海軍最高位の軍令部総長は今後、陛下に直結した部下となる。

さらには帝国統合軍の政治分野として、軍務大臣（軍務省）が新設された。

旧陸軍大臣と旧海軍大臣は、それぞれ軍務大臣を補佐する副大臣に相当する陸軍局長官／海軍局長官となる。

これら陸海軍の大改革は、じつに六年の歳月をかけて行なわれた苦労の結晶である。

面白いのは、根元博諜報局長の存在だ。

この『諜報局』は、これまで暫定的に設置されていた外務省諜報局のことだ。

四月からは管轄が軍務省にうつり、正式に軍務省諜報局として発足することが決まっている。

ただし諜報局は、軍務大臣の直接的な指揮下にある組織ではない。

もとが外務省の組織であり、海軍と陸軍の情報部を統合した組織に成長している。そのため政・軍・商をオーバーラップする総括的な組織となった。

これをいち大臣が統括するのは無理なため、かたちの上では軍務大臣の管轄下にあるものの、実際は総理大臣の直裁となっている。

これは合衆国でのちに発足するＣＩＡを髣髴《ほうふつ》とさせる強力な組織だ。

それを先取りするかたちで、根元博が局長として抜擢されたのである。

軍務省と帝国統合軍が名目だけの組織ではないことが、この件でもわかるだろう。

たとえば戦時に臨時編成される『海軍連合艦隊』は、今回の措置により、帝国統合軍直轄の組織として戦時編成されることになる。

扱い的には、陸軍の『軍集団』の編成と同じになるのだ。

そのため従来の連合艦隊の職務権限の外……陸海軍の陸上航空隊に対する指揮権や、軍事物資の補給ルートを守る海軍護衛総隊や陸軍の補給部隊などに対する指揮権を、その時の情勢にあわせて臨機応変に行使することが可能になったのである。

これは実戦における陸海軍部隊の完全な統合運用であり、これまであった陸海軍の確執を抜本的に解決することにも繋がる。

さらには陸軍大学と海軍大学も統合され、『帝国国防大学』となる。

さすがに陸軍士官学校と海軍兵学校はそのまま残る。だが将官になるためには、国防大学を卒業することが不可欠となるのだ。

そのため大学で、陸軍と海軍の将来における派閥が混じりあうことになる。

いずれ国防大学を卒業して将官にまで昇進した者が、帝国軍統合総司令部の重要な部門の長を占める時がくる。

その時こそ、日本軍はひとつになる……。


まだ気の長い話でしかなく、しかも一九四一年一二月に始まる想定の太平洋戦争までには、実質的に丸二年弱しかない。だから当面は、絵に描いた餅のようなものだ。

むろん来年の一二月に日米戦争が始まると決まったわけではない。

これまで苦労して対外工作に邁進した結果、合衆国はいまだに満州国の利権欲しさに日本と協議を続けているし、中国の蒋介石政権はドイツからの武器輸入を中止し、なんと日本から中古の武器を大量に輸入しはじめた。

日本としても、急ピッチで令和世界の知識を生かした最新装備に切り変えている最中のため、大量の旧式兵器が余り始めている。

これをスクラップにするくらいなら、蒋介石政権に売り払う。

共産党軍その他の中国軍閥との内戦で有利にな

るよう誘導すべき……これが帝立未来研究所の基本方針になってからには、日本政府も能動的に中国国民党にアプローチしはじめたのである。

そのような日本とは関係なく、ドイツは着々とヨーロッパ制圧のための布石を打ち続けている。

一九三三年のドイツ再軍備にはじまり、一九三五年のニュルンベルグ法によるユダヤ人公民権の停止、一九三七年のスペイン内戦への介入。一九三八年に勃発したオーストリア併合。

そして去年……。

一九三九年のポーランド侵攻をもって、イギリスとフランスがドイツに宣戦布告し、事実上の第二次世界大戦が勃発してしまった。

令和世界と違うのは、ポーランド侵攻にソ連が連動せず、ドイツ単独となったことだ。そのためソ連のドイツに対する警戒は、令和世界の時とは比べものにならないくらい強くなっている。

また、日本が枢軸同盟に参加しなかったことが、ヨーロッパ情勢に影を落としはじめている。

具体的には、ドイツの圧力に屈したスペイン（フランコ政権）が枢軸同盟に参加したことだ。

これにより、スペインの隣国であるポルトガルは中立宣言をしたものの、実質的には枢軸国寄りに方向転換するしかなかった。

ヨーロッパ大戦が勃発した時点でのスペイン参戦は、ジブラルタル海峡を掌握していたイギリスにも深刻なダメージを与えている。

スペインは枢軸同盟に参加すると同時に、英国とフランスに宣戦布告した。

そのため地続きのジブラルタルにも、ただちに進撃した。海峡を隔てたセウタとタンジェにも侵攻しこれを占領、一夜にしてジブラルタル海峡は枢軸側が支配する地となってしまったのである。

このような状況のなか、日本はドイツに対し、意図的に接触を避けてきた。

このまま無視していれば、もしかすると第二次大戦はヨーロッパを中心とした枢軸国と連合国の戦いとなり、日本は局外中立を保てるのではないか……そのような淡い希望も囁かれはじめた。

だが、現実は厳しい。

懸命な諜報局の対外工作にも関わらず、一九三三年にルーズベルトが合衆国大統領となってしまったのだ。

この世界のルーズベルトも極端な差別主義者であり、当然、排日主義者である。

その上、ソ連の情報機関員の息がかかったコーデル・ハルまで国務長官に任命してしまった。

このままでは令和世界と同じく、満州問題を理由に強引なハル・ノートの提出が行なわれてしまう。

ただし……日本が枢軸同盟に参加していない状況で、令和世界のような強引な要求を出してくるかは、まだ未確定だ。

しかしソ連のスターリンが日本に恐怖を抱く度合は、かえって強まっている。

あれこれ算段してみると、やはりソ連による日米開戦工作は実施される……そう鳴神武人と未来研究所は結論した。

そこで遅ればせながら、発足したばかりの軍務省諜報局としても、ロビー活動その他を通じて、コーデル・ハルの共産主義汚染を表沙汰にする工作が始まっている。

これが成功すれば、来年の開戦を遅らせることができるかもしれない……。

そのあいだに日本は、なにがなんでも国力を増大させ、戦争に必要な資源を最大規模で備蓄しなければならない。

そう……。

いかに日本が避戦に動いても、すでに世界は第二次世界大戦に突入しつつある。

いまはヨーロッパ大戦の状況だが、これに合衆国もしくはソ連が参戦すれば、もう世界大戦と呼ぶしかないからだ。

日本が連合国に参加する道は、国際連盟から脱退したことで閉ざされている。

鳴神武人としても、もう少し過去に遡《さかの》ぼって歴史改変しようと考えた。だが日本の国際連盟脱退は一連の軍縮問題の流れの中で起こっているため、たとえ大正時代までもどっても脱退阻止は難しいとして諦めた経緯がある。

局外中立という線も、欧米列強から日本が帝国主義の実行者として見られている以上、ほとんど無理だ。

いずれ合衆国は連合軍の一員として、日本の排除に動きはじめる。


その予兆は、すでに始まっている。

今年の正月早々、日本をゆるがす大ニュースが飛びこんできた。

それはフランス領インドシナ政府が発表した対日輸出禁止宣言である。

昭和世界の日本は日中戦争を回避している。そのため令和世界で、仏領インドシナを通じて行なわれた援蒋ルートも存在しない。

しかし蒋介石政権による中国統一内戦は継続されている。これに日本は軍事支援しているため、そこを連合軍に睨まれたのである。

仏領インドシナ政府は連合軍の立場から、中国内戦に対する軍事支援を中止するよう要求していた。

これは欧米列強による中国利権から、日本は手を引けと要請することと同じ意味になる。

むろん受け入れられるものではない。そもそも日中戦争を回避したのは欧米列強からの圧力をかわすためだったのだ。回避して反対に支援したら、また難癖を付けられた。いくら国際政治は力がすべてとはいえ、あまりにも日本イジメが酷すぎる……。

日本政府は、仏領インドシナ政府の要求を拒否した。

ただし交渉は何度も行ない、なんとか妥協できないか模索を続けたが、その結果が対日輸出禁止宣言だったのだ。

この突然の措置は、おそらくフランス本国がナチス・ドイツの侵攻をうけ、首都のパリが陥落したせいで、実質的に敗北してしまったせいだろう。時のインドシナ総督ジョルジュ・カトルーが、自由フランス臨時政府と近い存在だったことも関係している。

日本政府は仏印政府に対し、仏印への軍事的な懲罰も辞さずとの態度で会談に望んだ。その結果、自由フランス政府はカトルー総督を解任、ジャン・デクー総督を任命した。

この措置は、日本の軍事侵攻を回避したいという自由フランス政府の意向を反映したものだが、これに対し日本政府は、日本軍の仏印への進駐と引きかえに、日仏の経済関係を強化する条約を要求したのである。

この流れは、結果だけ見れば令和世界とほぼ同じになっている。

たとえ日本が日中戦争を回避しても、歴史の巨大な流れの本流を変えるまでには至らなかった……それを証明した形となったわけだ。

となれば、やはり合衆国との戦争も、そう簡単には回避できないと考えるべきだろう。

そして……。

その時になれば日本は、全力をもって自国の存亡をかけて動きださねばならない。

戦争は不可避。ならば戦争がはじまる時期を見とおさねばならない。

そのため、いま国家戦略会議が開かれようとしているのである。

＊

「ハードフェライト磁石の製造は順調です。すでに大型モーターの試作に漕ぎつけております。よもや私どもが発明したフェライトに、これほどの応用価値があったとは……ともかく未来研究所の予言資料には、ただただ脱帽するばかりです」

起立して報告を行なっているのは、東工大電気科学科の加藤与五郎教授だ。

横には起立した武井武博士《たけいたけし》がいる。

彼らは令和世界において、一九三〇年にフェライトを発明している。

こちらの世界では二ヵ月のずれがあったものの、ほぼ同時期に発明していた。

「試作品は、どれくらいパワーアップできたのですか？」

未来研究所所長の仁科芳雄博士が、穏やかな声で質問する。

鳴神が来てからの昭和世界では、積極的に英単語の使用が推奨されている。まだ敵性語に指定されていないし、その予定もない。

もし他国語圏の国々が敵になっても、敵を知るためには該当国の言語は不可欠だと武人は力説し、それが文部省の基本方針になっている。

仁科の耳には、補聴器に擬装したＦＭ通信機が付けられている。

仁科はそれを使い、オブザーバーとして会議室の壁際の椅子に座っている鳴神武人から、質疑事項を逐一送られている。これは他の参加者には秘密である。

「ハードフェライト磁石による性能向上は、ほぼ四倍です。しかし銅線製の巻線をシートコイル化した試作品だと、同サイズで六倍まで向上させられました。これはシートコイル化によるサイズダウンが原因でして、同じ大きさのモーターでも数段階上の性能が出せる証明となっております」

令和世界では、さらに進んだネオジム系磁石を使った超高性能モーターが実用化されている。

しかしこちらではまだ、レアメタルやレアアースを必要な純度まで精製分離する能力がない。

そのため、とりあえず実用化が簡単なハードフェライト磁石の製造を先行させたのである（レアメタルやレアアースの現物は、サンプルとして武人が持ちこんでいるので、実験室的には超高性能モーターの試作も行なわれている）。

「ありがとうございます。では武井武博士のほうから、トランジスタ製品の実用化に関する報告を御願いします」

名指しされた武井が、立ったまま手元の用紙を見て発表しはじめる。

「ゲルマニウムトランジスタに関しては、石炭の燃焼煤から工業レベルでの抽出に成功し、現在は接合型のトランジスタやダイオードを量産できるまでになりました。これらの製品は、すでに軍の通信装備などに活用されています。

ただ……ゲルマニウムは用途が限られますので、現在はシリコン単結晶の生成をCZ法で行ない、シリコン製パワートランジスタの試作品を製作中です。これが実用化できれば、一部のレーダーや大型通信機の精度を大幅に向上させられると確信しております」

報告する武井は、どことなく自慢げだ。

なにしろトランジスタの発明は、まだ世界のどの国も実現していない。

まさに日本だけの快挙だが、すべてが軍事最高機密に指定されているため、特許すら申請されていない。

だからこの場で研究成果を示せるということで、おのずと力も入っている。

「どなたか質問はありませんか？」

すぐに山本五十六海軍次官が手を上げた。

「レーダー……海軍で研究していた電探の件だが、事前にうけた報告では、既存の試作品の二〇〇〇倍もの高性能が、アンテナだけで期待できるとあったが……そのような夢のような事が本当にできるのか？」

アンテナだけで二〇〇〇倍も性能が向上すると聞けば、だれでも疑いをもつ。

しかし質問された仁科は、まったく表情を変えずに返答した。

「それに関しては、電波アンテナの第一任者である八木秀次大阪帝大理学部物理学科教授に御返答いただくのが良さそうですね。海軍の艦艇用レーダーの開発は、八木博士を中心としたプロジェクトチームが行なっていますので」

指名された八木が、長くのびた顎ヒゲを右手で撫でながら悠然と立ち上がる。

八木は令和世界の日本では冷遇されていた。連合軍に評価されてから日本が気づくという間抜けな状況が、現実に起こったのだ。

しかし昭和世界では違う。鳴神武人の事実を元にした強烈なアピールによって、いちやく第一任者に抜擢されたのである。

「未来研究所からもらった資料の中に、パラボラアンテナの概念と構造図があった。あれだけ緻密な計算式と図面、それに令和世界で衛星アンテナと呼ばれていた現物があれば、試作するのは極めて簡単でしたな。

儂が考案した八木アンテナの電波利得は、一素子増えるごとに二から三デシベルとなっておる。たとえば三素子だと三から四デシベル、六素子だと五から七デシベル相当の性能が出せるわけじゃ。

ところがパラボラアンテナは、なんと最大で一万デシベルも利得が出せると言うではないか！これには正直、呆《あき》れて声が出んかったわ。

ただしパラボラアンテナにも欠点がある。それはアンテナの大きさじゃ。たとえば五〇メガヘルツの超短波だと、波長は六メートルになる。八木アンテナの場合、一本の素子の長さはだいたい二分の一波長だから三メートルだな。

ところがパラボラアンテナは、完全型だと直径一五メートル以上にもなる。いくら戦艦が大きいとはいっても、檣楼の上に直径一五メートルもの円形アンテナを取りつけるわけにはいかん。

そこで未来研究所に相談したところ、パラボラアンテナといっても、大きさ的に何種類かあるとのことじゃった。その中でも、放物面の一部を切り出して使えるオフセットパラボラアンテナが有用だという結論に達した。

これだと切り出した面積に比例して利得は小さくなるが、それでも実用サイズだと八木アンテナの多段多列配置より何十倍も強い電波を送受できることがわかった。

現在はレーダー用マグネトロンの改良開発待ちだが、満足のいくマグネトロンの出力が達成されれば、日本の軍艦運用や陸軍の航空探査に関しては、まさしく軍事革命となるじゃろう」

八木博士は優秀な学者だが、饒舌すぎる傾向がある。

いまも他の学者の三倍はしゃべっている。

それでも皆が嫌気を見せないのは、その内容があまりにも衝撃的だからだ。

「山本海軍次官、いまの説明で御納得いただけたでしょうか？」

事務的な声で仁科が確認する。

「ああ、一応は納得した。しかし、すでに大和型戦艦の一番艦『大和』が完成している以上、しかたなく既存の試作レーダーを搭載してある。だが、それでは不十分だ。一日もはやい新型のパラボラアンテナが望まれている。

なにしろ艦隊というものは、訓練しなければ役立たずですからな。いくら高性能でも使いこなせねば猫に小判だ。そういう意味で海軍の実務者としては、早急なる高性能レーダーの完成を望むところです」

そう言うと山本は、ゆっくりと席にすわった。

「さて……さっきマグネトロンの話が出たことですし、東北帝大の岡部金次郎教授、御報告願えますか？」

立ちあがった岡部の手には、奇妙なかたちの真空管があった。

「八木博士にはお待たせして申しわけなく思っておりましたが、このたびようやく、実用に耐えうるマグネトロン管が完成しました。これは試作した小型のものですが、実用化を急いでいるものは、これの一〇倍以上の大きさがあり、出力も一〇〇キロワットと充分なものに仕上がっております」

鳴神武人は岡部のひきいるチームに、電子レンジと中古のブラウン管テレビ、電力増幅用の五極真空管、マグネトロンに関するすべての資料を与えている。

もちろん令和世界でネット検索した学術資料もすべて渡し、最優先でレーダー用のマグネトロン開発を行なうよう、未来研究所をつうじて要請していた。

するとG部のチームは、なにを閃《ひらめ》いたのか、なんと光電子倍増管の試作に成功してしまった。

これは特殊な真空管のため、令和資料をつぶさに調べれば必然的に到達できるものではあるが、さすがに武人も予想していなかった快挙となった。

なぜなら光電子倍増管は、パッシブ式の暗視装置に使えるからだ。

暗視装置の歴史は、赤外線などを使ったアクティブ式から始まる。それが三段跳びくらいのギャップを越えて、いきなりパッシブ式の光学暗視装置に辿りつきそうなのだ。

もし順調に開発が進めば、日本軍は他国とは比較にならない夜間暗視能力を獲得できる……。

「あの……指名しての質問をお願いしてよろしいか?」

学者にまじって肩身が狭そうにしていた杉山陸軍大臣が、おずおずと挙手をする。

「あまり場違いな質問でなければ……どうぞ」

「陸軍航空隊と海軍航空隊は、四月の組織改編によって統合軍航空隊となり、空母艦上機をのぞき統一指揮・統一運用が実現します。そこで両軍から、航空機構造体用接着剤の増産願いが毎日のように出ております。

儂はよくわからんのですが、なんでも現在の陸軍九五式戦闘機や海軍九五式艦上戦闘機に使われている金属接着剤より強力なものが開発中だとか……その見通しとか、教えてもらえんでしょうか?」

杉山も四月からは陸軍局長官と呼び名がかわる。やることは陸軍大臣とあまり変わらないが、すぐ上に軍務大臣がくるため、政治的な決定権はある程度減弱するはずだ。

「二液混合型エポキシ接着剤のことですね。ええと、これの担当は……たしか京都帝大のチームだったはずですが、今日は召集されていませんね。その他にも京都帝大には、一液熱硬化型接着剤とエポキシ樹脂の大量生産法の確立をお願いしているのですが……。

杉山大臣閣下。もうしわけありませんが、この件については後日、陸軍局と海軍局あてに、諜報局経由の最高機密扱いでお届けすることにしましょう。これでよろしいでしょうか？」

「ああ、儂はたんなる伝言役だから、それで結構です」

この会議、ほんとうに『国家戦略会議』なのだろうか。

壁際にすわった武人は、心の底からそう感じている。

話されていることは、すべて武人が提供したものに対する結果報告ばかりで、肝心の『戦略』の部分がまるでない。

これではダメだと思い、そっと仁科に目配せする。

仁科も気づいたようで、ちいさく肯くと声を発した。

「そろそろ会議開始から一時間が過ぎますので、ここらあたりで一〇分の休憩にしたいと思います。皆様、休憩後は予定どおりに始めますので、遅れないようお願いします」

突然の休憩だったが、皆も緊張と興奮を鎮めるにはいいといった感じで、トイレに向かったりお茶を飲んだりしはじめている。

武人は小さなメモに『つぎは国家戦略に重点をおいて司会をお願いします』と書き、未来研究所の職員に渡した。

技術関連については、いくら報告しても時間が足りない。

たとえば戦車や艦船装甲の能力を向上させる均質圧延鋼装甲は、八幡製鉄所をはじめとする製鉄関連企業に委託している。その進捗状況も知りたい。

満州の満州里にあるウヌゲツ山鉱山の開発は、まだ始まったばかりだ。銅とモリブデンを露天掘りできる世界最大級の鉱山である。進捗状況はどうなっているのだろう？

資源については、朝鮮半島の鉱山からは鉄、モリブデン、タングステン、マンガンが採掘できる。

ニッケルの輸入は、いまも最優先課題だ。

輸入する名目は、主流となる新硬貨の発行／家庭用ステンレス鋼の大量製造となっているが、実際はニッケル・鉄・クロム合金の量産と排気タービンのブレード製造のためである。

その他、農業、畜産、林業、漁業と海産なども、食料自給や木材自給のためには不可欠であり、戦争を始めるまえに自給率一〇〇パーセント以上を達成しておかねばならない。

あと、たった二年……。

どれだけやれるかで、戦争の勝敗にまで関係してくる。

もう全員が必死だ。

現在の対米国力比は、日本が一に対し米国は六・五。令和世界では日本一に対し米国一〇だったから、三割五分も改善できたことになる。

しかし武人の目標は、最低でも日本一に対し米国は四だ。最良なら一対二。

それをあと二年で達成できるだろうか……。

さいわいにも軌道に乗っているプロジェクトが多いため、これからの二年はかなりの加速が期待できる。

それでもなお、武人の心配が尽きることはなかった。

第二章　アメリカ合衆国の決断

一

一九四一年（昭和一六年）一二月　日本

皇居の地下に、新たな施設が建設された。

それは未来研究所のある地下施設が拡張されたものだ。

新たな施設は、地下二階から地下五階に作られている。

これは、いずれ訪れる戦争をみこし、秘密裏に造られた皇室専用の地下退避施設である。

令和世界で御前会議が開かれた場所は、現在は未来研究所のメイン会議室となっている。

そのため新会議室は地下四階、陛下の地下御座所は最下層の地下五階に設置された。

なお地下三階は、皇居が爆撃されて大被害を受けた場合にそなえ、通信室や発電室、警備隊詰所など、地下壕全体を維持管理するためのフロアとなっている。

しかも新築部分には、令和世界の強化コンクリート技術が用いられている。そのため、従来の工法で復元された地下一階とは段違いの強度を誇っている。

ちなみに地下施設すべては、非常時の停電にそなえて、皇居の敷地内にソーラー発電パネル／小型風力発電機／ミニ水力発電機が設置され、これらで電力をまかなっている。

地下施設内にも非常用のディーゼル発電機（こ

れは昭和世界製）が設置されている。

　その上で、万がいちのことを見越して、令和世界製のポータブル発電機多数が地下三階の倉庫に保管されている。まさに至れり尽くせりだ。

　ともあれ……。

　新会議室ではいま、今年を締めくくる最後の御前会議が開かれている。

　帝国政府を代表する総理大臣は、宇垣から米内光政、そして東條英樹と、令和世界よりシンプルな推移をたどった。

　軍部の暴走が未然に防がれたせいで、いまだに日本の政治は健在だ。

　東條英樹も、軍を退任した上で総理大臣になっている。

　陛下が大テーブルの上座につき、左側に東條首相／安藤紀三郎《あんどうきさぶろう》内務大臣／重光葵《しげみつまもる》外務大臣／賀屋興宣《かやおきのり》大蔵大臣／仁科未来研究所所長／鳴神武人侍従長補佐。

　右側に永野修身軍務大臣／梅津美治郎《うめづよしじろう》陸軍局長官／及川古志郎《おいかわこしろう》海軍局長官／山本五十六連合艦隊司令長官／根元博諜報局長となっている。

　面白いことに、鳴神武人は未来研究所最高顧問ではなく、まったく新しい役職――侍従長補佐として参加している。

　これは未来研究所が戦争に特化した組織のため、もっと穏便に陛下へ進言できる環境を整えるべきとの謹皇会の思惑により、侍従長と侍従武官長の二人の補佐をする新職を設置し、そこに武人が就任したのである。

　会議の冒頭、東條の口から驚くべき報告が飛びだした。

「合衆国において、ついに共産主義《レッド》の徹底摘発《パージ》が始まりました。日本の外務省によるロビー活動と軍務省諜報局による合衆国内での秘密工作により、ようやく合衆国政府と議会もソ連の脅威に気づいたというわけです。

　米政府と軍の情報組織、さらには近年に連邦捜査局《FBI》と改称された旧司法省捜査局による徹底した共産主義者摘発によって、ヘンリー・モーゲンソー財務長官の次官補であるハリー・ホワイトがソ連のスパイだったことが露呈しました。

　これによりモーゲンソーは更迭、モーゲンソーから対日プランを受けとっていたコーデル・ハル国務長官も罷免されました。両者は現在、ＦＢＩにより身柄を拘束され、徹底した背後関係の調査が行なわれております」

　列席している面々から「おおっ！」と驚きの声があがる。

　表情を変えなかったのは陛下と武人だけだ。

　共産主義の徹底摘発とは、赤狩り／レッドパージと呼ばれるものである。

　これは令和世界の合衆国でも、太平洋戦争が始まったあとに徹底された事実がある。

　それが戦争開始前の段階で開始された意味は大きい。

　自分の言葉のインパクトを確かめた東條は、なおも言葉を重ねる。

「これにより、令和世界にあったハル・ノートの提出は幻となりそうです。もちろん今月一八日の日米開戦も、いまのところ発生する予兆はありません。

　しかし安心はできません。すでに昭和世界の歴史は、令和世界の歴史とは異なった道を歩みはじめております。そのため最近、令和世界の史実にはなかった出来事が頻発するようになりました。

　御存知のようにソ連は、一九三九年に勃発したドイツによるポーランド侵攻のおり、同時侵攻を実施できませんでした。これは前年に起こった張鼓峰事件のせいで、日ソ間の緊張が極限なまで高まったため、スターリンが東西同時の戦争発生を嫌ったためです。

　張鼓峰事件の影響で、締結寸前だった独ソ不可浸条約も失敗に終わりました。これはヒトラー総統が、ドイツがポーランドへ侵攻した場合、条約を締結せずともソ連は軍事行動をとる余裕がないと判断したためです。

　すでに西ヨーロッパは戦争の渦中にあります。チャーチルは合衆国に対し枢軸国との戦争に直接参戦するよう強く要請していますが、ルーズベルトは国内の赤狩りで手一杯のため、あれこれ理由をつけて返事を先延ばしにしている状況です」

　東條はここで、自分の言葉に重みをつけるように間をおき、ふたたび喋りはじめた。

「ここにきて……東南アジアにおいて深刻な事態が勃発しました。オランダ領のセレベス島にある、日本の民間商社と鉱山企業が開発したソロアコ鉱山の労働者……実際はソ連が投入した現地の共産主義者による暴動の件です。

　諜報局が調べたところ、裏でソ連の工作員が暗躍していることがわかりました。しかも悪いことに、工作員が暗躍しているのはイギリスの植民地内であり、オランダとフランス領での暴動は、イギリス領内から遠隔操作されているため、なかなか元を絶てない状況となっております。

　現時点において世界最大級のニッケル鉱山にまで成長したソロアコ鉱山を日本が確保しているのは、日本の富国強兵政策を強く後押しするためです。それを嫌ったソ連が日本の弱体化をねらったものと分析しておりますが、この思いは東南アジアを牛耳っている英蘭仏も同じと思われます。

　日本はセレベス島東岸のドンギに鉱石積み出し用の港まで建設し、鉱山の開発から採掘／運営／

積み出しまで、すべて日本の資金でまかってきました。その上で、オランダ政府が採掘した鉱石に一定の税金をかけるという搾取すらも承認してきたのに、鉱山労働者を中心とした共産主義革命の勃発を許してしまったのです。

ソ連としては、この暴動をきっかけにしてセレベス島全土に共産革命が広がり、最終的には同島を社会主義国として独立させようと動いておりますす。同様のことが、ボルネオ島のバリクパパンとバンジェルマシンの石油開発基地でも起こっております。

英領における暴動は、現地にいる英軍が徹底的に鎮圧しておりますが、オランダの場合、すでに本国はドイツに占領されており政府も英国に亡命している状況のため、とても蘭領インドシナまで手が回らず、ほとんど放置状況となっております。

これは仏領も似たようなもので、パリが陥落した結果、フランス政府は南部のボルドーに逃れ、事実上、国家としては崩壊状態となっております。そのためフランス領でも、いずれ日本の民間企業に従事している現地労働者が暴動を起こすと見ております。

また……これは表だってのことではありませんが、英国／オランダ／フランスは、東南アジアにおける日本の台頭に憂慮しているとの調査結果が上がってきております。西ヨーロッパがナチス・ドイツに蹂躙されている現在、日本が手薄になった東南アジアに手を出すと考え、植民地をもつ三国でまとまりつつあるのです。

とはいっても、東南アジア全域で強大な勢力をもっているのは英国軍のみです。そこで英領だけでなく蘭領・仏領も、英国軍中心の三国連合軍を編成して防衛しようという気運が高まっております。

これは我が国にとり、由々しき事態となります。英国はボルネオ島ブルネイの油田開発を日本に許しておりますし、そこで産出する石油を日本へ輸出するのも禁じていません。

しかし今回の英国軍主導による英／蘭／仏植民地連合軍による東南アジア制圧が実施されれば、間違いなく今回の大規模暴動にかこつけて、日本の権益を根こそぎ奪う暴挙に出る……諜報局ではこう結論したと報告を受けております」

東條がなおも言葉を紡ごうとしたところ、永野修身軍務大臣がゆっくりと手をあげ発言を求めた。

「その件については軍務省から外務省をつうじ、公式外交ルートで申し入れをおこないましたが？日本国の権益を守るため、英／蘭／仏三国に対し、日本軍守備隊による採掘許可地域の防衛を認めてほしいとの公式要請を送ったはずです」

東條は、かすかにため息をつくと永野に答える。

「軍務省と外務省の働きには感謝しております。が……本日未明、英／仏／蘭三国より正式の返答が届きました。結論を申せば、こちらの要請は全面拒否されました。

我が国の諜報局が調べあげたソ連の工作という情報は、英国情報部も把握しているようですが、あくまで欧州三国の植民地内での出来事のため、日本が出る幕はないというのが表立っての理由だそうです。

たしかにその通りなのですが、はいそうですかと引き下がるわけにはいきません。東南アジアの資源を国際法にのっとり合法的に輸入するという、未来研究所の基本方針が崩れるからです。

しかも英／蘭／仏は、我が国と国際協調する旨の国際協定をむすび、それを大前提として民間企業による現地開発を許可したのですから、ここにきて我が国と民間企業の権益を無視し、暴徒に施設を占拠された上でそれを鎮圧、そのまま自分たちが確保し続ける算段を固めています。これは日本の権益を直接的に侵害する暴挙といえるでしょう。

　だからこそ日本軍守備隊により拠点を防衛させ、権益を継続的に守りたいと要請を行なったのです。それを拒否するということは、意図的に日本の権益を阻害……具体的には日本の採掘拠点もろとも奪取すると明言したようなものです」

「そこまで事態が悪化しているとは……」

　初めて知った永野は、かなりの衝撃を受けているようだ。

　未来研究所所長の仁科博士が挙手した。

「現時点において東南アジアからの資源輸入が完全に止まりますと、我が国はかなり苦しい状況に追いこまれます。現在の国内資源備蓄はおおむね二年ぶんですので、研究所が提言した最低三年ぶんの三分の二しか達成されておりません。

　もっとも、一九三四年に開始された第一次五ヵ年計画は達成され、現在は一九三九年に始まった第二次五ヵ年計画が進行中ですので、そのぶんは令和世界の過去よりまともになったと判断しています。

　しかし我が国は、対米国力比を最高効率で上げる必要がありますので、理想とする対米五割を達成するためには東南アジア資源が不可欠です。よって欧州三国による要求は、断固として拒否すべきと提言いたします」

　この会議における未来研究所のウエイトは陛下の次に重い。

　それだけに、仁科博士による無慈悲なほど適確な提言に皆は言葉を失った。

「あの～」

　だれも口を開かないのに焦れた武人が、間の抜けた声をあげた。

「政治や軍事は疎《うと》いんですけど……もし無許可で日本軍守備隊を、防衛目的で東南アジアの採掘拠点に送りこんだとして、それって国際的に容認されるもんでしょうか？」

武人の素朴な疑問には、東條みずから答えた。

「植民地は本国と同じ固有の領土と見なされるため、そこに宗主国の許諾なしに他国が軍部隊を送りこめば侵略行為となります」

「となると令和世界と同じように、日本軍による東南アジア侵略になっちゃうわけですね？」

「原因を作ったのは先方なのだから、もしそうなっても侵略ではなく派遣となる。その結果、先方が植民地を失っても自業自得だ」

首相にしては軽率な発言だ。

ここらへんが、東條が政治家に不適な理由がある。

「いや、それは通らないのと違いますか？」

食い下がる武人を見て、東條の顔に嫌そうな表情が浮かぶ。

「鳴神殿。貴君は侍従長補佐として参加しているのに、軍務や外交にまで口を出すのか？」

「あ、いや……そういうわけじゃないのですが、ここで間違うと、合衆国の対日参戦を早める原因になると思って」

合衆国の対日参戦と聞いた東條は、はっとなって口をつぐんだ。

いまの日本は、すべてを『合衆国の対日参戦をいかに遅らせるか』に注いでいる。

そこには善も悪もない。

いまの日本には、国家の破滅を回避するためのドクトリンのみが存在する。

ともすれば目先の国際政治に目がいってしまう東條だけに、国家間の対立すら最終目的のためには手玉に取るという武人の判断に、己の未熟を悟ったのである。

その時、陛下がおごそかに口を開かれた。

「米国との戦争は回避不可であるか？」

短い質問だが、そこにはすべての思いが込められている。

東條は迷った挙げ句、仁科博士を指名した。

「我が国が徹底した局外中立をつらぬくことは、ある意味可能であると言えます。その場合、いずれ合衆国はドイツとイタリアに宣戦布告し、ヨーロッパ大戦となるでしょう。そして最終的には、連合軍の勝利に終わる可能性が高いと判断しております。

戦争はドイツの敗北で終了しますが、連合軍が戦争で疲弊するのに対し、ソ連と日本は無傷のまま国力を増大していきます。とくにソ連の国力上昇は、令和世界での史実を鑑みますと、戦後において合衆国と対抗するまでになってしまうでしょう。

その時、合衆国と欧州が考えることは、ソ連と日本を対立させ共倒れさせることです。ソ連と日本が二国間のみで戦争を行なえば、いかに日本が令和世界の恩恵を受けていても、広大なソ連の国土が邪魔して泥沼化すると思われます。

戦争の結果は、おそらく相互疲弊による休戦となるでしょう。その間、合衆国と欧州は大車輪で戦後復興を急ぎ、未来の一時点において、ソ連と日本のどちらかを潰すための戦争をしかけるでしょう。

日本が先に狙われるというパターンは、ソ連が共産主義であるため可能性としては薄いと思われます。ソ連を潰すとなった場合、日本は連合軍に味方することになります。結果、ソ連は消滅するでしょう。ですが連合国はその後、これ以上の日本の台頭を良しとしないでしょう。

となれば次は、連合国と日本の最終戦争が勃発します。いくら日本でも、一国で全世界を敵に戦えば負けます。連合国は余裕で日本を叩き潰し、世界制覇を達成するでしょう。残念ながら、そこに我が国の未来はありません」

仁科が言った事は、奇しくも石原莞爾の世界最終戦争論によく似ていた。

そういった意味では、石原莞爾の未来予測は一部のみだが適確だといえる。

「では、我が国が選択できる最善の道はなにか?」

「ソ連とドイツを徹底的に戦わせ、双方とも疲弊させることが第一。第二として、日本は東南アジアを確保して長期戦の態勢をかため、その上で合衆国との戦争に至り、これに勝利することです。

ただし、その時点で合衆国は、ドイツと直接的な戦争状態にあることが条件となります。合衆国を泥沼の両面戦争に誘導し、太平洋に戦力を集中できないようにしなければ、国力が最良でも半分しかない我が国が勝つことは不可能です。

これらの条件をすべて満たせば、日本は合衆国に勝てます。その結果、太平洋の半分とユーラシア大陸の三分の一、そして東南アジア全域を勢力圏に入れることができますので、もはや日本に単独で勝てる国家はなくなります。

ただし……不確定な点も残っています。それは日本が東南アジアに進出する時点で、ソ連がドイツと戦争状態にない場合……つまり現在のことですが、ソ連が欲を出して満州方面に侵攻してくる可能性があることです。

これが現実になると、先にソ連をなんとかしないと、対米戦など夢のまた夢となります。これについては、すでに帝国軍統合総司令部のほうで戦略シミュレーションを実施しております。

それによれば、開戦から一年以内で沿海州とシベリアの東半分を制圧できれば、ドイツが遅れてはならじと対ソ戦を開始するとなっています。その時点で我が国は、ソ連に対し停戦をもとめ、これを達成しなければなりません。

　ソ連との国境線を決めないままの暫定停戦、これが歴史の転換点となります。満州と沿海州・シベリアで疲弊したソ連は、ドイツの侵攻に耐えられません。早い段階でモスクワを制圧され、その後はウラル山脈を境ににらみ合いとなるでしょう。

　そうなると、ソ連に深入りしたドイツを見て、アメリカがヨーロッパ戦線に直接介入する気運が高まります。なぜなら日本はシベリア方面の確保で手一杯になっていると諜報部門の工作で信じさせるからです。

　日本は対米戦を挑む余裕がない。だから安心してヨーロッパ戦に参入できる。そうアメリカに思わせ、実際に参戦させる。ここまで来れば、もうあとはこちらの思惑で事が運ぶでしょう」

　仁科は、あくまでメッセンジャーであり発案者ではない。

　未来研究所の総意を代弁しているだけだ。

　それでもなお、背中が寒くなるほどの力の論理が伝わってきた。

　もっとも……シミュレーションは、どこまでいっても仮想にすぎない。いま仁科が言ったことも、現実として到来するかどうかは、これからの世界の動きによってどれだけでも変わってくる。

　このことを考慮にいれて、研究所で行なっている戦略シミュレーションでは、最低でも数十通りの違う結論を導きだすよう設定されている。

　仁科が口にしたのは、その中のたったひとつの例にすぎないのである。

「未来研究所は、どのような未来を予測しているのか？」

核心的な質問がきた。

これまで陛下が、ここまで深く突っこんだことはない。

「最終的に日本が世界の覇権を掌握してしまうと、いずれ日本は世界の嫌われ者となり孤立するでしょう。これでは長い目でみて、日本が国家として生き残れなくなる原因となります。研究所が結論した最良の形は、『自由主義陣営による切磋琢磨が可能な世界』です。

共産主義は、人間の自然な本能を抑圧することで成りたつ人工的な思想のため、短期的には優れた国家運営が可能ですが、長期的にみると自浄作用が麻痺し独裁的な恐怖政治に移行するか、もしくは一部の支配層による腐敗した政治になりやすい。

これに対し自由主義は、目先の利益に惑わされる欠点があるものの、民主主義と合わさるとこまめな自浄作用が期待できます。清濁《せいだく》合わせ呑むのが自由主義の特徴です。

もっとも令和世界の日本のように、自由と民主主義・資本主義を是とする国家のはずが、なぜか世界最高の社会主義国家と揶揄されるようになった前例がありますので、かなり国民性に左右されることも事実です。

だからこそ、世界全体をいくつかの経済／軍事ブロックにわける、複数の国際勢力が必要になります。かつてのローマ帝国や令和世界の合衆国のように、一個の巨大な超大国が長期にわたって世界に君臨することは百害あって一利なしです。

理想的には、ヨーロッパ圏／アフリカ圏／南北アメリカ圏／中央アジア圏／環太平洋アジア圏の五大勢力圏が各分野で競いあうような世界ができれば、最良のパターンで人類全体に貢献できると考えております」

「それは戦争のない世界ということか？」

「いいえ。残念ながら戦争はなくなりません。いかに人類の叡智を結集しようと、地球が有限な存在であるかぎり、異なる勢力圏同士の軋轢はなくなりません。しかし勢力圏が均衡すればするほど、世界大戦のような大戦争は起こらなくなります」

仁科博士は、あくまで物理学者だ。

もちろん専門としている原子物理学については、理化学研究所を中心として研究を継続しているが、すでに武人のもたらした情報により、ウランの分離・精製には莫大な予算が必要なため、現在では優先順位が低くなっている。

日本は、すでに核兵器の開発を中止している。

いま行なわれているのは、安全な原子炉（軍用原子炉を含む）の開発のみだ。

合衆国がマンハッタン計画に着手しているのは承知しているが、いまのところ阻止するつもりはない。

なぜなら、合衆国の国家予算に匹敵するマンハッタン計画を現時点で阻止すれば、その予算がほかの軍事予算に回ってしまうからだ。

原爆開発と使用を最終的に阻止するのは、合衆国が湯水のように予算をつかった後でいい……。

武人が理系脳で考えた提案は、まさに悪魔の選択であった。

日本はウランさえ入手できれば、一年ほどで原爆を作れるだけの未来知識をもっている。これにはプルトニウム生成のための黒鉛型原子炉を建設する期間も含まれているのだから、まさしく独走状態と言っていい。

ウラン鉱山なら朝鮮にある。中国から輸入してもいい。

濃縮と精製だけが問題だが、原子炉用の低濃縮なら原爆用ほど予算や時間がかからない……その研究を仁科が主導している。

このアドバンテージがあるため、武人はあえて後回しにしたのである。

仁科博士の現実的な提言に納得したのか、陛下は口をつぐまれた。

それを待っていたように、東條がふたたび口をひらく。

「私は日本国首相として、東南アジアにおける日本の権益を守る責務がある。よって私はここに、英／蘭／仏の三国に対し、日本国の権益を守るべく、必要充分な規模の守備兵力を日本の開発地域に派遣できるよう強く要請する。

もしこれを三国が拒否した場合、国際条約にもとづく我が国の権益を保護するつもりがないと判断し、協定違反を理由に国際法にもとづく強行措置をとる。

むろん三国が平和裏に協定を順守し我が国の権益を完全に守備するのであれば、これまで通り生産活動のみに終始し兵力の派遣は行なわない。これを内外に発表する！」

御前会議は最終的な国家戦略を決定する場だ。

しかし実際には、大半の方針は前もって決定している。

陛下の御聖断を得ることが会議の目的といってもいい。

しかも陛下が積極的に決断するというより、参加している重鎮たちが報告や意見を上奏し、それに陛下が質問して解答を得ることで合意と見なすといった不文律がある。

つまり陛下は、よほどのことがないかぎり、議事の進行に口を挟まないことになっているのである。

それでもなお、いまの東條の発言は、かなり危なっかしいギリギリの線まで踏み込んだものだった。

　日本は欧州三国に対し、実質的な最後通牒を突きつける。

　その決断を、東條は可能なかぎり陛下の責任にせず、自分がすべて負うため、あえて強行な発言をしたのだ。

　かくして……。

　合衆国との戦争を可能なかぎり回避しつつ、東南アジアの資源を確保する日本の苦しい旅が始まったのである。

二

一九四二年（昭和一七年）一月　日本

　令和世界の歴史では、すでに太平洋戦争が勃発している現在。

　昭和世界においても風雲急を告げる出来事が、連日のように日本へ届くようになってきた。

　一月三日の早朝。

　皇居において、日本の運命を決める御前会議が開かれてから、まだ九日しかたっていない。

　なのにもう、日本を根幹から揺るがすようなニュースが飛びこんできた。

「大変です！　ドイツ軍がイギリス本土に対し上陸作戦を実施中です!!」

　鳴神武人は、ちょうどマンション自室にもどってきたところだった。

　令和世界にある会社の社長——水島健一と高島充の二人が用意した、ささやかな正月パーティーを堪能していたのだ。

　いずれも独身のため、いまさら実家に帰ることもない。ならば自分たちで楽しもう……そういう趣向のパーティーだった。

とりあえず自宅玄関のドアを締めて、ベランダ側のサッシを開ける。これは習慣になっているため、ほぼ無意識で行なった。

するとサッシを開けた途端、向こう側に未来研究所の武人専属の秘書が出現した。

おそらく待ち構えていたのだろう、武人の姿を見るなり大声を上げたのである。

「なんだって……！」

ドイツの英本土侵攻は、武人にも想定外の出来事だった。

令和の歴史では、ドイツがイギリスへ侵攻した事実はない。

ということは昭和世界において本日、まったく新しい歴史が刻まれたことになる。

「皆さん、集まってますか？」

今日はまだ正月の三日。

研究所員や関連スタッフに対し緊急呼び出しはかかっているだろうが、普段なら常勤している者も、その多くが正月休みを取っているはず……。

「所長と侍従長、近衛師団司令官、それから課報局の連絡課長は会議室に入られています。他の方々は、来月の軍事作戦のこともありますので、大半が帝都に留まっておられます。ですので、まもなく参じられるかと」

この秘書、なんと女性である。

有馬《ありま》愛子《あいこ》という名前で、歳は二二歳。

旧久留米藩を統治していた有馬《ありま》家の子孫で、現在も伯爵位をもつ華族である有馬頼寧《よりやす》の四女だ。

ただし……。

令和世界の歴史では、頼寧の娘に愛子の名はあるものの、それは三女となっている。

四女は政子。しかも三女の愛子は一九一二年に生まれ、翌年に夭折《ようせつ》している。

昭和世界の愛子が四女となって生存しているのは、おそらくパラレルワールドによる歴史補正現象の結果だろう。

つまり昭和世界では、もともと愛子が生まれない歴史があった。

本来ならそれで終わっていたのだが、時間流が自律的に流れをもとに戻す歴史補正現象が発生し、四女として愛子が生まれてしまったのである。

ちなみに有馬頼寧は、令和世界の競馬ファンなら誰でも御存知であろう、あの『有馬記念』の由来となった人物だ。

しかも母親は岩倉具視《いわくらともみ》の五女・恒子《つねこ》（のちに寛子《ひろこ》）。

有馬は大政翼賛会の初代事務局長を務めていた、まさに令和世界の歴史上の人物である。

ところが昭和世界では、鳴神武人の暗躍により、日中戦争の回避と軍部の台頭が抑制されてしまった。

その結果、大政翼賛会に代わる組織として謹皇会が発足してしまった。

結果的に武人は、有馬の活躍する舞台を奪ってしまったことになる。それでも有馬は、謹皇会の一員として名を連ねることには成功しているのだから、世界が違っても優秀さは変わらないことになる。

そして自分の娘を未来研究所に潜りこませることにも成功した。因果が巡り巡って、ついに武人へ結びついたのである。これはもう、摩訶不思議な時空の神の御技《みわざ》としか思えなかった。

「仁科所長と連絡課長がいれば、とりあえずの情報は聞かせてもらえそうだな。うん、有馬さん、すぐに会議室に行くって伝えてくれない？」

「承知しました。ただちに」

愛子は、まるで武人にあつらえられたかのように優秀で、しかも超一級の博多美人だ。

そのため女子に縁のなかった武人は、目を合わせるだけでうろたえてしまう。だからといって、謹皇会の強い推薦で専属秘書にあてがわれた以上、そう無下にもできない。

だいいち愛子は、きわめて有能な秘書の能力を持っているのだ。

「あの顔であのスタイルって、もう反則だよな～」

そう呟きながら会議室へむかう武人も、まんざらではない表情を浮かべている。

だが、そんなほっこりする雰囲気も、会議室に入ったとたん吹き飛んでしまった。

「鳴神さん……研究所が出した未来予測を、大幅に修正しなければならない事態です！」

自分の席に座る前に、仁科所長に声をかけられた。

「ドイツによる英国本土上陸作戦の実施なら、歴史修正第三予測ルートとして想定済みじゃなかったっけ？」

「その通りなのですが……英本土上陸作戦が開始されたのは、現地時間で昨日の日没後……一日の午後七時ちょうどです。その時点では、たしかに第三予測ルートに歴史がシフトしたと考え、研究所としても非常召集対象とは考えませんでした」

「ということは、その後になんか起こったんですね？」

「はい。英国が未曾有の危機に陥ったことを知った……あ、いや、おそらくナチス・ドイツの浸透により事前に情報を知っていたブラジルとアルゼンチンが、ヒトラー総統が二日午前零時に行なった『世界新秩序宣言』を受けて、いきなり枢軸国加入を発表したのです」

ここで、先についていた軍務省諜報局の連絡課長――美佐連次《みされんじ》が、落ち着いた態度で数枚の書類を手渡した。

「ブラジルとアルゼンチンにおけるナチス主義の浸透は、残念ながら我々諜報局の予測をはるかに上回っていました。すでに議会の過半数と軍幹部の大半が潜在的なナチス党員で占められ、実質的に国を牛耳っている白人系の豪農と企業家の大半も、アメリカおよびイギリス系のユダヤ財閥に対抗する意味で、ナチス党に入党もしくはシンパになっていました。

そのため今回の枢軸国加入宣言も、なかば合法的な軍事クーデターとでもいうべき手法で行なわれています。なお宣言後、両国は大統領選挙と議会の解散、総選挙を実施すると発表しており、選挙の結果が判明する今月末には、おそらくナチス党が独裁的に政権を獲得すると思われます」

南米の大国であるブラジルとアルゼンチンが枢軸側に寝返った……。

たしかに世界を揺るがす大事件である。

令和世界の両国は連合国の一員だった。たしかにナチス主義の浸透はあったが、国家が転覆するほどではなかったはず……。

これもまた、日本が積極的に歴史を変える動きをした結果なのだろう。

「うーん、歴史の分岐条件が多すぎて、ちょっと未来が見えませんねー。こうなると、もう一度最初から、未来予測をやりなおす必要がありそうです。でも……もう前の予測に基づいて、軍の作戦を承認しちゃったし……これは困ったなあ」

「鳴神さんが困られると、我々は狼狽するしかありませんが……」

仁科所長の目が、『しっかりしてくださいよ』と言っている。

「……あ、でも、もしかすると、災い転じて福となるって感じになるかも？」

「なにか妙案でも？」

「あ、いや……まだ想像の域を出てないから、口に出すのはちょっと……。最低でも令和世界にもどって、コンピュータ・シミュレーションにかけてみないと」

武人は令和世界の会社『ネットバーン』の系列として、ビッグデータをもとにした世界情勢の予測を行なうコンサルティング会社『ミュープラス』のオーナーも兼任している。

なにせ資金は昭和世界をつうじて無尽蔵にひねり出せる。

まさに、やりたい放題である。

そのために『ミュープラス』には、中堅クラスの並列処理型スーパーコンピュータが設置されている。

このコンピュータは、既存の市販CPUを数千個もつかったブレード型のため、専用のスーパーコンピュータより劇的に安い費用で設置できるメリットがある（ちなみに開発したのは武人の母校の大学だ）。

武人はそのコンピュータを使って、昭和世界の未来予測をしているのである。

「そうですか。前回の予測には一週間以上かかったと記憶しておりますが、今回もそれくらい必要でしょうか？」

「ううん、そこまで必要ないと思う。幸いにも正月でコンピュータは開店休業状態だから、タイムシェアリングじゃなくフルに使用できるからね。たぶん、いますぐ戻って算段すれば、三日くらいで終わると思う」

「承知しました。それでは今月の七日に、未来研究所と謹皇会の全体会議を開きましょう。そうすれば、最悪でも二月の作戦実施には間に合いますから」

「ああ、そうしてください。それじゃ僕は、これからすぐ令和世界に戻ります」

　そういうと武人は、一秒でも惜しいとばかりに席を立って会議室を出ていこうとした。

「あっ……」

　秘書の有馬愛子が、反射的に手を延ばして武人を呼びとめようとする。

　しかしその手はすぐ、力なく降ろされる。

　じつは武人、愛子のたっての頼みで、今日の昼食を銀座の有名店で楽しむ予定になっていたのだ。

　正月最後の半日休暇みたいなもので、名目上は今後のスケジュールを調整するためとなっていたが、実質的にこれはデートに他ならない。鈍感な武人は気づいていないが、少なくとも愛子の中ではそうなっていた。


　かくして……。

　世界情勢が狂おしく変容しようとしている現在、日本の未来予測にも無視できない翳《かげ》りが見えはじめたのであった。

＊

　時はすぎて二月一日、神奈川県の横須賀市。

　まさに壮観……。

　横須賀港をのぞむ長浦の海岸に立った鳴神武人は、そこから見える光景に息を呑んだ。

「鳴神殿は忸怩《じくじ》たる思いだろうが、彼らはこのような時のために精進してきたのだ。私も出る以上は本気でやる。それが連合艦隊司令長官の責務だ」

　武人の隣りには、連合艦隊司令長官に抜擢されたばかりの山本五十六大将がいる。

二人が見つめる先には、横須賀から出撃する予定の第一航空機動艦隊が静かに浮かんでいた。

「空母赤城、加賀、金剛、霧島……この目で見られるとは正直思っていませんでした。この四隻は戦艦から改装された空母ながら、現時点では文句なく世界最強の正規空母です。

そうなるように八年もの歳月をかけて育て上げたのですから、そうでなければ困ります……が、お恥ずかしいことに、作戦実施の直前になって未来予測の修正を余儀なくされてしまい、山本長官にも御迷惑をおかけしてしまいました」

ドイツの英国侵攻、そしてブラジルとアルゼンチンの枢軸国入り……。

これらは長期戦略的には、日本に有利に働くとシミュレーション結果が出ている。

しかし短期的には合衆国が、いつ日本に牙を剥くか予測しずらい状況となっている。

なのに日本軍が、東南アジアに軍事力を投入するのだ。

まだ合衆国と戦争を行なう時期ではない。

だから……極限まで繊細な作戦運用になる。

「なあに、今回の作戦は、どちらにせよ避けては通れないものだった。だから鳴神殿が気にする必要はない。それよりも、新たな未来予測にあったアメリカの動向のほうが気になる。なにしろ合衆国の欧州戦争に対する直接参戦が、本当に三日前の一月二八日に行なわれたのだからな」

そう……。

合衆国は枢軸国に対し宣戦布告し、ルーズベルト大統領が、ただちに英国へ軍を直接派遣すると公表したのである。

山本五十六が告げた通り、ドイツによる英国本土上陸は、孤立主義を掲げていた合衆国にも巨大な波紋を投げかけた。

チャーチルが大西洋を結ぶ海底ケーブル回線（電信線）を使い、ルーズベルト大統領に痛烈なメッセージを送り届けたのだ。

『合衆国の直接参戦がなければ、英国は滅ぶ覚悟で国際連盟から脱退する。そして合衆国と市民は未来永劫、自分たちのルーツである大英帝国とヨーロッパを見限った卑怯者と呼ばれるであろう。

我々英国は、常に一心同体と信じていた。もしその心が合衆国に残っているのなら、我々英国と王室、そして国民は、これから先も合衆国のことを、最重要な家族として信じることができる。いま両国は、その瀬戸際にある。合衆国政府および合衆国市民の自由と正義と愛に心から期待する！』

まさに血を吐くような勧告……。

いや、これはもう我が身を賭けた恫喝である。

自由と正義を持ちだされたら、合衆国市民はいきり立つ。

たちまち英国を救えというデモが全州で発生し、州兵が出動する事態にまで発展した。

これはレッドパージで身動きが取れなくなっていた大統領府にとり、起死回生のチャンスに見えたはずだ。

颯爽《さっそう》と、かつての宗主国である英国を助ける合衆国大統領、これこそ落ち目を嘆いていたルーズベルトの望んでいたことだった。

ルーズベルトは渡りに舟とばかりに、英国へ侵略したナチス・ドイツに宣戦布告し、同時に合衆国軍による直接参戦を実施すると、全世界にむけて宣言したのである。

「合衆国の参戦は、未来研究所の新予測の中でも中核的な事項でしたので、それが実現したことに、正直ほっとしてます。これで最低限の条件が揃いました。

苦しい予算を融通してもらい、軍備拡張のための二度にわたる五ヵ年計画を完遂した結果が、あそこにいる赤城と加賀ですからね。ホント、今度の作戦に間に合って良かったと思ってます」

武人はそう言うと、また横須賀湾内に浮かぶ巨艦の群れを見た。

空母赤城と加賀は、令和世界に存在した二隻よりさらに酷似している。

中甲板から上——二段格納庫と飛行甲板、そして右舷に張り出した艦橋と煙突は、完全に同じ設計図から造られている。

これは金剛と霧島も同じだ。

赤城の排水量は三万八八〇〇トン、加賀は三万九二〇〇トンと差があるが、これは戦艦だった中甲板より下の差といえる。これが同一設計艦である金剛型だと、二隻とも二万六五〇〇トンに統一されている。

赤城と加賀の搭載機数は一〇〇機。金剛と霧島は八五機。

両艦とも令和世界より搭載機数が多いのは、艦上機の翼を折りたたむ方式を、米海軍の艦上機仕様（回転折りたたみ式）に変更したからだ。

この仕様は格納庫内で一機の占める面積が狭いため、より多く搭載できるメリットがある。デメリットは構造が複雑で重量が増えることだ。

しかし昭和世界の日本軍機の性能は世界水準を陵駕しているため、この程度のデメリットは不利にならないと判断して採用された。

「あそこに見えるのが、大和を建艦した六号ドライドックだ。現在は鳴神殿の提言にしたがい、第二世代となる白龍型正規空母二番艦『蒼龍』の艤装が行なわれている。白龍型一番艦の『白龍《はくりゅう》』は横浜の五万トンドライドックで艤装中だ。三番艦『紅龍《こうりゅう》』は長崎、四番艦『飛龍』は神戸で建艦中となっている」

令和世界では、蒼龍型は蒼龍と飛龍二隻のみだった。

しかし昭和世界ではより大型になり、翔鶴《しょうかく》型の長所も取り入れて再設計された『白龍型』が建艦されている。

「白龍型までは、ともかく開戦時期にあわせて急造する必要があったため、完璧な設計とはなっていません。しかし白龍型と入れ代わりに来月から建艦が始まる白鳳《はくほう》型は、令和世界に存在した米海軍のエセックス級空母の設計を最大限参考にして、時代を越えるダメージコントロールを可能とする艦となります。これをまず四隻、二年間で建艦します」

武人は山本へ話しかけながら、じっと赤城の飛行甲板を見ている。

あそこに浮かぶ赤城は、武人の知る令和世界の赤城とは別物だ。左舷中央には、なんと舷側エレベーターが設置されている。ここからは見えないが、反対側の艦橋前方にも右舷エレベーターがある。

これに甲板前方と後方に二基ある通常型をいれると、合計で四基のエレベーターを駆使できる設計になっている。

しかも舷側エレベーターは、飛行甲板が被弾しても使用可能という得難いメリットがある。

飛行甲板の両舷にある張り出しスポンソンには、九八式一〇センチ六五口径連装高角砲が六基／九九式三〇ミリ連装機関砲が四基。

驚くべきことに、三〇ミリ以上の機関砲と高角砲の砲弾には、九七式TT電波信管（トランジスタ式の電波ドップラー式起爆信管）が採用されている。

これは米海軍がのちに開発するVT信管のトラ

ンジスタ版であり、むろん性能はこちらのほうが良い。

　さらに驚異的なのは、左舷に二基・右舷に一基設置されている九七式一六センチ対空噴進砲だ。

　これは無誘導のロケット弾だが、TT信管を採用しているため、敵機の至近距離で炸裂し、直径二センチの榴散弾六〇発を巻き散らす。

　敵機に対する有効直径は一〇メートル。TT信管で至近起爆が可能なため、起爆したらほぼ確実に被害を与えられる必中装備だ。

　高角砲で四〇〇〇メートル以上の高々度をカバーし、噴進砲で二〇〇〇〜四五〇〇メートルの中高度をカバー、二〇〇〇メートル以下を機関砲と機銃でカバーする。

　未来研究所の試算では、令和世界に存在した赤城型の六倍以上の対空迎撃能力があるとなっている。それが本当なら、まさに時代を超越した個艦防衛力である。

　現在、日本海軍が保有している空母は、大型正規空母が四隻（赤城／加賀／金剛／霧島）。

　小型正規空母が四隻（最上／三隈《みくま》／鈴谷《すずや》／熊野《くまの》）。これは重巡を空母改装したものだ。

　そして軽空母が四隻（祥鳳《しょうほう》／瑞鳳《ずいほう》／龍驤《りゅうじょう》／鳳翔《ほうしょう》）となっている。

　その数、じつに一二隻！　文句なく世界最大の空母保有数である。

　しかも改装中なのが小型正規空母『隼鷹《じゅんよう》／飛鷹《ひよう》（商船改装。搭載機増加改装）』。

　軽空母『大鷹《たいよう》／雲鷹《うんよう》／沖鷹《ちゅうよう》（機関改良型のため最大二六ノットが可能）』。

　軽空母『千代田《ちよだ》／千歳《ちとせ》（水上機母艦より改装。搭載機数増加改装）』と目白押しだ。

　これに艤装中の大型正規空母『白龍／蒼龍』と、建艦中の『紅龍／飛龍』が加わる。

　このうち艦隊編成されているのは、第二機動艦隊の『最上／三隈／鈴谷／熊野』のみだが、『白龍／蒼龍』と『隼鷹／飛鷹』が実戦配備されれば、すぐさま第三機動艦隊が編成され、第二機動艦隊と艦の調整配分をすることになっている。

　なお、軽空母『瑞鳳』と軽空母『祥鳳』は、第一艦隊と第五艦隊の直掩空母（艦戦のみ搭載）として、今回の作戦に投入されている。

　残る『祥鳳』『龍驤』『鳳翔』の三艦は、去年から開始された丸一計画に基づき建艦されている軽空母『天燕《てんえん》』型と護衛空母『海雀《かいじゃく》』型が完成するまでは、とりあえず練習空母として活用されている。

「正規空母も凄いが、本命は潜水艦だったな？」

　山本の顔が、いたずら好きな子供のようになった。

　釣られて武人も苦笑を浮かべる。

「はい。既存の伊号潜水艦を大幅に性能向上させるのはムリでしたが、それでもシュノーケルの設置と機関部の防震・防音処理、蓄電池の性能アップ、無線関連と聴音およびにソナー関連は完備できました。

　さすがに潜航性能を向上させるための高張力鋼板の密閉溶接追加については、新造艦を優先したせいで、いまだに改装待ちの艦が残っています……が、それも今年中には終わらせます」

　まるで自分が改装責任者であるかのような言動に、ますます山本の顔が崩れる。

「聞いたところによると、既存艦の聴音能力でも二倍、新造艦は六倍に向上しているそうだが……」

「既存艦は聴音マイクの高性能化のみですが、新造艦は方向性を持たせた八個の高性能聴音マイクを半円状に配置する新機軸……とはいっても、令和世界の潜水艦や駆逐艦では常識なんですけどね。これを実装したせいで、探知感度と探知方向／深度測定のすべてが飛躍的に性能アップしています。

　令和世界ではピンガーと呼ばれている水中音波発信装置も高性能化してあります。こちらの潜水艦から音波を出して敵潜水艦を発見するのは、昭和世界では論外の行為となってますが、今後はこれが決め手になります。

　それを可能にしたのが魚雷の音響追尾装置です。この世界では人類史上初の追尾魚雷ですからね。ただ……追尾といってもごく初歩的なものですから、前方一〇〇メートル前後に騒音を発する物体がある場合のみ、左右二〇度・上下一〇度の角度で進路を自動調整できるだけです。

　これに音響ドップラー式の近接信管を取りつけると、海中での敵潜水艦を撃破できるようになるんです。もちろん水上艦に対しても、舷側水中だけでなく艦底部での起爆も期待できます。

　ただし現時点での信頼性はあまり高くないので、音響信管だけの魚雷は用意せず、着発信管と磁気信管も併用しています」

　いま武人が言った魚雷は、九八式六〇センチ追尾長魚雷として制式採用されている。

　追尾装置は誤射・誤爆を避けるため、発射後二〇秒が経過しないと起動しない仕組みになっている。むろん二〇秒以内であっても、無誘導状態での命中は期待できる。

　この長魚雷は伊号潜水艦と水上艦の魚雷発射管用として開発されたので、今後、潜水艦と駆逐艦の強力な武器になると期待されている（在来型呂号潜水艦と海防艦は、従来型となる五三センチ無誘導魚雷を搭載）。

　それにしても……。

　これまでの潜水艦は、相手が浮上している時しか魚雷を使えなかった。

だからこの時代において、海中で潜水艦が潜水艦を沈められるようになったのは、まさに画期的な出来事である。

「潜水艦関連といえば、駆逐艦に新規設置した新型爆雷にも音響信管が採用されているそうだな。しかも噴進式で一〇〇メートル以上も飛ぶとか。にわかには信じられんが本当なのか？」

「本当です。令和世界の米軍が採用していたヘッジホッグ爆雷を参考に開発しました。ただし、こちらのほうが一発の威力は大きいですけど。

一回の投射で四発を同時に散布し、面での対潜駆逐を可能にしています。それが四列八弾で三二発。この発射機が駆逐艦一隻につき二基です。射ち尽くしても手動で装填できますから、わずかの時間で再発射が可能になります。

もちろん従来型のドラム式爆雷にも音響信管を付けられます。ただ、従来型は水深（水圧感知）起爆、投射爆雷は音響起爆として併用するほうが効率的ですけどね」

武人はさりげなく言っているが、これは物凄いことだ。

従来の爆雷は水圧感知式信管のため、投射直前に起爆水深を設定しなければならない（事前に設定していた水深のまま使用することも良くあるが）。

この方式は、敵の潜水艦がどれくらい潜っているかは関係なく、一定深度で起爆するため、有能な敵潜の指揮官であれば、深度を巧妙に変化させることで逃げおおせることも可能になる。

これに対し音響ドップラー式信管は、自ら音を発しながら沈降し、潜水艦からの反響音が最大になった直後、ドップラー効果により音響周波数が変化するタイミングで起爆する。

つまり深度調整せずとも潜水艦のいる深さで勝手に爆発してくれるのだから、撃沈能力は飛躍的に向上する……。

これに狙われた敵潜水艦は不幸としか言いようがない。

時代を越えた技術ギャップは、戦う前からある程度の勝敗すら決定してしまうのである。

「結局のところ……英蘭仏の三ヵ国連合は、我が国の公式要請を全面拒否した。それどころか日本の最後通牒を受けたとして、一夜で三国植民地協定を締結している。日本が強行措置をとった場合、徹底して対抗すると公式に知らしめたわけだ」

「情報不足が命取りになる典型例ですね」

山本の話を聞いた武人は、冷たく突き離すような口調で答えた。

「そこまで言われると、三国連合が可哀想に思えるな。なにせオランダは去年、ナチス・ドイツの爆撃をうけて降伏し、亡命政府はイギリスに逃れている。フランスもダンケルクの戦いに破れてパリを放棄し、政府は南部のボルドーに移動した。だから実質的には、英国が三国代表として拒否したことになるが、英国もまたドイツによる本土空襲と上陸作戦の最中で、とても植民地まで手が回らない……」

日本政府は、植民地に展開している三国の植民地軍に対し、日本企業が操業している鉱山や油田を暴徒から守って欲しいと要請した。

だがオランダとフランスの現地軍は、『本国が崩壊状態のため自国企業を守るので精一杯だ』と断わってきた。

英国については、インドをはじめとする相当数の現地軍を有している。

そのため日本の要請に応じても良さそうなのに、実際は他の二国同様、断わってきた。

現地軍は自国の権益を守るため常駐している。だから日本の現地企業の防衛はできない。さりとて日本の軍隊を入れるつもりはない……ようは余計な手出しをするなと拒否してきたのだ。

いまだに欧米列強は、日本で起こっている大変革を理解できていない。

戦艦や重巡を減らして空母を造ったり、思ったより新型戦車が強力だったりといった断片的な情報なら、ある程度は手に入れている。

しかし国力の常識をこえた急拡大と軍備の質的な大向上については、日本の諜報局が最優先で機密保持を徹底しているせいで、まったくといっていいほど国外には知られていないのである。

時代を越えた性能になっている空母艦上機などは、一般人に見られる可能性のある場所での訓練では、最大速度を四五〇キロに制限しているほどだ。

空中格闘訓練なども、本格的なものは遥か沖まで出かけて行なっている。

知らぬが仏というように、欧米列強は、いまだに日本を舐めたままだ。

強気に出れば、臆病な日本は引っ込む。

これまで終始一貫してそうだった。

だからいまも、上から目線で圧力をかければ日本は折れる……。

そう英首相のチャーチルは考えている。

これは令和世界に残っているチャーチルの語録でも事実とされている。

そのため未来研究所は、この世界のチャーチルがそう判断するのは当然だと結論したのである。

相手の認識不足は、こちらのメリットになる。

孫子の兵法にも通じる古臭い軍事常識だが、なぜかいまの世界にも通用してしまう。

ならば利用するしかない……これが日本の基本

方針となっているのである。

「英国大使館は、もし日本軍が三国連合の植民地で軍事行動に出た場合、三国連合軍と衝突する可能性が極めて高いと言ってきました。だから出兵するのは止めろと脅してきたわけです。まさに舐められてますね。日本は、そろそろ怒ってもいい頃です」

　鳴神武人の恐いところは、なまじ理系脳のため、目的を達成するための最適解を求めるところだろう。

　潔いとか正義とかのメンタル的な概念は、しょせん文系の思考から生まれるものだ。

　理系はもっとも効率の良い手段で解をもとめる。

「ああ、帝国陸海軍合同の連合艦隊が出る以上、ハンパな事にはならない。しかも合衆国だけでなく国際連盟に対しても、自国の権益を守る行為は国際法上でも合法であり、先に商業条約を無視した三国連合こそが国際法違反に問われるべきだと通達してある」

　この二ヵ月、日本は全力を投入して、世界に対し三国連合の条約破りを喧伝し続けた。

　だから今日の出撃は周知のことであり、おそらく英国植民地軍も待ち構えている。

　ただし日本は、絶対に英仏蘭以外の権益を犯すつもりはないと何度も宣言し、とくに合衆国に対しては、合衆国憲法に基づき公平な判断を下して欲しいと嘆願書まで出してある。

　これらが人種差別の壁により無効化されても、宣言や嘆願・要請を行なった事実は公式記録として残る。

　これが戦後になって意味を持ってくる。

　すでに未来研究所は、第二次大戦が終結したあとの事を考えて提言しているのである。

「ソ連が東南アジア全域で共産革命をしかけてき

た以上、もう現地の共産化を止められるのは日本軍しかいません。たとえ英国が軍事力で暴徒を制圧しても、植民地主義を継続している限り、第二第三の共産革命が勃発します。これを止められるのは、植民地制度を破壊して自主独立を推し進めることを推奨している日本しかいません」

日本の人種差別撤廃と植民地主義に反対する意志は、国際連盟を脱退する前の段階で公表している。

人種差別に関しては、これを撤廃するよう国際連盟の議場で堂々と提案したほどだ。

ところが欧米列強は問答無用で却下した。

そこには根強い人種差別思想があり、それが植民地政策の根幹を為している以上、欧米列強による植民地解放はありえないのである。

「これから戦争になるというのに、なんとも難儀なことだ。しかし、それをやり遂げねば、アジアの夜明けは来ない。ならば、やるしかないな」

山本は、令和世界において第二次大戦が終わった後、東南アジアがどうなったかを知らされている。

日本は負けたが、東南アジアの国々は、あちこちで独立の産声を上げたのだ。

とある国の指導者は、『日本というお母さんは難産で死んでしまったが、生まれた子供は立派に育つことができた。すべて日本のおかげだ』と言ったという。

しかし武人は、母親が死ぬのを是としていない。母子ともに健全なまま未来へむかう道を模索しているのである。

「……長官！　そろそろ時間であります!!」

山本の背後に控えていた近衛師団所属の特別警備小隊員が、横須賀鎮守府へもどる時間だと催促した。

鳴神武人には、二個警備小隊が護衛として追随している。

トラック四台に完全武装で乗りこむ近衛師団の部隊が、皇居の近衛連隊駐屯地から走り出る姿は、この世界であっても目立つ。

しかし武人の安全確保のためには仕方がない……。

「わかった。車を回してくれ」

そう言った後で、なにかを思いだしたらしく武人を見る。

「おっと、そうだ。むこうの世界で会社を作ったそうだな。まずはおめでとうと言わせてもらおう。それでは、また！」

山本は、これから第一空母機動艦隊に便乗し、呉にいる第一艦隊と合流する。

ちなみに第一艦隊／第一機動艦隊というのは、帝国軍統合総司令部の設立にともない、陸海軍を統一運用する大前提で編成された、まったく新しい『常設艦隊』のことである。

これには水上打撃部隊編成の第一～第八艦隊、空母機動部隊編成の第一～第四機動艦隊（すべて暫定編成で、順次追加される予定）があり、任務に従事する艦隊が基本単位——米海軍の任務部隊と似たような編成となって出撃する方式となった。

第一機動艦隊が第一艦隊と合流するころには、呉には第五艦隊と第八艦隊も集まり、陸軍と海軍陸戦隊をのせた輸送部隊とあわせて連合艦隊が結成されることになる。

そうなれば、いよいよ東南アジアへ遠征である。

「やりすぎないでくださいよ、山本長官……」

今回の作戦は、神経質なほど緻密な作戦が組まれている。

なにがなんでも東南アジアの日本利権を確保す

る。場合によっては陸軍を増派して植民地を制圧する。だが絶対に現時点で、合衆国に参戦する理由を与えてはならない。当然、フィリピンやグアムには、間違っても手を出さない……。

細い蜘蛛の糸で綱渡りをするような繊細さと判断力が必要になる。

その作戦が、ついに始まったのである。

三

二月二六日　セレベス島中部

日本政府の支援で整備されたドンギ港。

その港があるのが、同じ名前のドンギ湾だ。

湾内にいるのは、高木武雄《たかぎたけお》中将ひきいる護衛艦隊の分隊──重巡衣笠《きぬがさ》／軽巡夕張《ゆうばり》／有明《ありあけ》／夕暮《ゆうぐれ》。

そして輸送部隊所属の駆逐艦潮《うしお》／空〇五／空〇六、海軍陸戦隊二個大隊を載せてきた中型輸送艦二隻、陸軍一個連隊が乗艦中の大型輸送艦一隻。

ほかの護衛艦隊と輸送部隊は、過剰にオランダ軍を刺激しないよう、水平線の彼方──三〇キロ沖合いにいる。

山本五十六とGF司令部がいる主力打撃艦隊は、セレベス海中央部にあたるドンギ湾北方六三〇キロ地点で待機中。南雲忠一中将ひきいる空母機動艦隊は、さらに北方の七七〇キロ地点で警戒中だ。

陸上に目を転じてみると……。

ドンギ港からソロアコ鉱山まで、道なりに進むと二四キロある。

いまその道を、日本海軍陸戦隊の機動兵連隊(旧騎兵連隊)が驀進中だ。

「こちら佐世保特別陸戦隊、第一大隊第三偵察中隊の数俣《かずまた》中隊長だ。我が中隊の出した軽装甲偵察隊が、ソロアコ鉱山手前の河川沿いにおいて、暴徒二〇〇〇名余と道路を封鎖している土盛りで阻止されている。大隊司令部の指示を願う。以上」

中隊長の数俣甲之《こうの》介《すけ》大尉は、持っていた通話マイクをフックに戻すと、ふうとため息をついた。

いま数俣がいる場所は、九六式戦闘車の助手席である。

九六式戦闘車は、鳴神武人が三菱重工業に提供した『三菱ジープ（ロングボディタイプ）』の設計図をもとに量産している。

この頃の三菱は、ガソリンで走るバスB46型『ふそう』などを製造した実績がある。

そのため、このさい国策にそって一気に自動車の大量生産ラインを組んでもらおうと、ジープ量産を委託したのだ。

当然だが豊田自動車や日産自動車も、自家用車や軍用自動車のほかに、装甲車や軽戦車、トラックなども量産している。

驚くべきことに昭和世界の量産数は、令和世界の史実にある量産数の二五倍にまで拡大している。それもこれも、武人と未来研究所が提言した第一次／第二次五ヵ年計画を完遂した成果である。

ところで……。

九六式戦闘車は四人乗りの露天式四輪駆動車だ（布製の折りたたみ式幌を展開可能）。座席中央にある一二・七ミリ重機関銃の銃架をはずせば、最大で六人まで乗ることができる。

また、前席前方には起倒式のフロントガラスがあるが、そのむこうにもう一枚、二センチ厚の炭素鋼板で造られた起倒式防弾板がある。

この防弾板は、走行中でも起倒クランクを回すことで引き起こすことができる。

そのため、乗員の生存率を飛躍的に高める装備として好評だ（防弾板は一二・七ミリ機関銃弾まで阻止できる）。

『こちら大隊司令部の溝口副司令だ。まもなく横須賀特別陸戦隊の別動中隊が、ソロアコ鉱山の北方から敷地内に侵入を開始する。彼ら別動中隊が鉱山の安全を確保するまでは、絶対にこちらから手出しをするな。

相手が銃撃してきたら迷わず後退しろ。偵察中隊の軽戦車では撃破される恐れがあるため、大隊司令部から中戦車小隊を出す。中戦車が前面に展開したら、戦車の後方まで下がって待機せよ。以上だ』

司令部の決断は、完全な専守防衛……。

攻撃を受けても反撃するなというのは、かつての盧溝橋を髣髴とさせるものだ。

それを横須賀と佐世保の二個陸戦隊でやるというのだから、さすがは命知らずの集まりである。

数俣はふたたびマイクを取ると、トグルスイッチを『送信』側に倒す。

「こちら数俣。偵察小隊はただちに撤収せよ。殿軍は軽戦車二輌に任せろ。かわりに大隊司令部から中戦車小隊が前に出る。大隊司令部からは、横須賀の別動中隊が敷地内に入るまでは、絶対に攻撃するなと厳命されている。いいな、いかなる場合も絶対に攻撃するな！　以上だ!!」

無線電話を切った数俣は、またもやため息をついた。

「中隊長。事前の情報ですと、暴徒は銃で武装しているとありましたが……射たれても反撃しないのでは、味方に大きな被害が出るのではないですか？」

機関銃の銃手を担当している音羽田太市《おとわだたいち》二等軍曹が、機関銃のボディをパンと手で叩きながら聞いてきた。

このプレス鋼板を多用した新型の重機関銃――九八式一二・七ミリ重機関銃は、なんと合衆国陸軍のブローニングM2重機関銃のデッドコピー製品である。

　米軍に採用されたのが一九二一年、M2として改良されたのが一九三三年だから、一九四二年現在だと、日米が同じ重機関銃を制式採用しているという椿事《ちんじ》になっている。

　それだけではない……。

　米クライスラー社が、陸軍用にジープを実戦投入したのが一九四一年。

　三菱製のジープはエンジンこそ別物だが、おおむねクライスラー社のジープをコピーしたものだ。したがって、ここでも姉妹車というべき軍用車が同時期に登場したことになる。

　しかも日本のほうが制式採用年が早い……。

　笑い話のような出来事だが、昭和世界ではこれからも頻繁に発生する事象でしかない。

「味方の被害は……仕方がない。この戦いは、欧州三国の専横を懲罰するためのものだ。だから三国連合軍が手を出さない限り、我々は臥薪嘗胆《がしんしょうたん》の思いで耐えねばならない。我々の相手は暴徒ではなく、あくまで欧州三国……ここセレベス島中部に限っては、西部のポレワリに駐屯してるオランダ植民軍部隊なのだ」

　自分の部隊に被害が出る。

　それは指揮官であれば誰でも、一番に避けたいことだ。

　しかし戦略的にメリットがあれば、戦術的に被害を受けても実施するのが軍隊というもの。そして末端の指揮官は、優秀であればあるほど部下たちの命を天秤に掛けることが多くなる。その苦悩を、いま数俣は味わっていた。

　主要都市ポレワリにいるオランダ軍は、オランダ正規軍一個大隊七〇〇名余。

　これに加えて、現地住民から徴兵された植民兵一個連隊二五〇〇名となっている。

　このうち植民兵大隊六〇〇名余が、ドンギ湾から二〇キロ道なりに行った北西のコロノダーレに配備されている。

　まず出てくるとしたら、この部隊である。


——パパン！


　軽い発砲音がした。

　間違いなく小銃の発射音だ。

「左手の斜面、距離二〇〇メートルに伏兵！」

　機関銃手の音羽田が潜んでいた敵を発見した。

　重機関銃を向けながら叫んでいる。

　同時に運転手が左にハンドルを切り、車の正面を敵方向にむける。

「こなくそっ！」

　助手席に座っていた数俣は、後部座席から身を乗り出して交代しようとする部下を制し、自分の手で防弾板の起倒クランクを回しはじめる。

　防弾板さえ立てられれば、ボンネット前部のラジエーターカバーも同じ規格の防弾板で出来ているため、小銃弾程度なら余裕で阻止できる。

「よしっ！」

　クランクを回しきった数俣は、吹き出た汗を左手で拭った。


——カン、カカン！


　散発的に小銃弾をはじく音が響く。

「軽戦車、前へ！　ほかの中隊所属車輌は、最後尾からバックで後退しろ！　聞こえたか!!」

　大声で叫ぶ。無線電話を使う余裕がないためだ。

　次々に肉声の応答があり、すぐに九四式軽戦車二輌がやってきて、数俣の車の前に展開した。

「下がるぞ」

　運転手に短く声をかける。

　運転手も状況を理解しているため、可能な限り車体前面を敵側にむけてバックしはじめる。

当然、乗車している全員、機関銃手の音羽田も座席に身を伏せている。

――ブロロオオーッ！

腹に響く轟音。

プロペラ音とエンジン音が混ざった音が聞こえてきた。

川向こうの丘陵の影から、九五式艦上戦闘機が五機、編隊を崩さず飛んでくる。

「射つのか？」

九五式艦戦は射撃態勢に入っている。

それを見た数俣は、大隊司令部の命令が無視されるのではと心配になった。

だが……。

編隊は斜面にいる敵の直前で急上昇した。

まるで、いつでも殺せるぞと脅しているかのようだ。

それを感じたのか、小銃の射撃音が途絶える。

一分が経過……。

さらに一〇分が経過したが、銃撃は再開されない。

「逃げた……」

軽戦車の三七ミリ主砲と一二・七ミリ重機関銃に狙われ、さらに艦戦の編隊にまで襲われたら、まともな神経の持主なら尻尾を巻いて逃げる。

そう考えると銃撃してきた連中は、まだ正気を保っていたようだ。

「よし、いまのうちに司令部まで撤収する！　急げ!!」

大隊司令部は、東に三キロほど戻ったマホニの町のはずれに設営されている。

大隊だけに八〇ミリ野砲や一二〇ミリ噴進砲、各種の迫撃砲も装備している。

だから、司令部近くまで戻れば安全だ。

セレベス島に限ってだが、状況は日本側の圧倒的な優位となっている。

なぜならセレベス島にいるオランダ軍の航空部隊は、日本の九五式艦戦（令和世界の零戦を改良した機）にかかっては、まるで太刀打ちできないからだ。

ポレワリの滑走路にはフォッカーＤ21戦闘機が六機、港にフォッカーＣ11水上機が四機、あとはマカッサルの航空基地にフォッカーＤ21が二四機いるだけで、いずれも日本軍機に比べれば低い性能しかもっていない。

つまり最初から、制空権は日本側にある。

しかしオランダ側は、そのことをまったく知らない……。

――ビーッ！

無線電話の着信を知らせるブザーが鳴った。

「はい、こちら第三偵察中隊の数俣」

『こちら大隊司令部。横須賀特別陸戦隊第一大隊司令部より入電あり。別動中隊が無事にソロアコ鉱山の管理棟へ到着。民間日本人に多数の負傷者が出ている模様。仔細は調査中だが、構内にいた労働者の中に反乱分子が潜んでいた模様。

現在、鉱山の私設警備隊が、反乱分子を南門付近で阻止しているらしい。すでに銃撃戦となっている。よって偵察中隊はいったん大隊司令部まで戻り、あらためて全部隊をもってソロアコ鉱山まで進撃する。以上！』

「第三偵察中隊に命令。ただちに隊列を組み、大隊司令部まで戻る！」

民間に負傷者が出ている……。

報告を聞いたかぎりでは死者は出ていないようだが、まだ調査中のため本当のところはわからない。

もし民間に死者が出ていたら、一気に事態は緊迫するはず。

　しかし相手もまた現地人の鉱夫である限り、たとえ共産主義者による計画的犯行であっても日本軍が攻撃する理由にはならない……。

　ここらへんのことを、日本本土はどう考えているのだろう。

　一介の中尉でしかない数俣にとって、これらのことを判断するのは軍人の分を越えていた。

「願わくば、皇軍が悪者になりませんように……」

　数俣は小声で祈りを捧げはじめた。

＊

「スラバヤのオランダ海軍司令部から、国際緊急回線にて平文の電信が入っております！」

　こちらはＧＦ司令部が設置されている、主力打撃艦隊旗艦の戦艦大和。

　ＧＦ司令長官の山本五十六は、今朝からずっと艦橋に立ちっぱなしだ。戦闘時には艦橋基部にある司令塔に入る場合もあるが、現在は司令塔の大規模改装が最終段階のため使えず、指揮をとるなら艦橋でということになっている。

「なんと言ってきた？」

　通信室から艦橋へは、直通の艦内有線電話が設置してある。

　そのため通信参謀は、艦橋後部にある電話所に常駐し、なにか報告がある時だけ山本の所へ走ってくる。

「オランダ海軍から連合艦隊に対し、ただちに植民地内での軍事行動を中止するようにとの警告です！」

「海軍陸戦隊の上陸およびソロアコ鉱山への進軍は、武装した反乱分子を鉱山へ近づかせないための安全措置のため警告には従えない……そう返電してくれ」

「全面拒否でよろしいのですか？」

影のように寄りそっている宇垣纏ＧＦ参謀長が、そっと耳打ちする。

その上で、さらに言葉を重ねた。

「オランダ海軍のみならずオランダ総督府からも、こう伝えてきております。大日本帝国は欧州三国の植民地に対し、不法な領土および領空の侵犯を行なっている。ただちに侵犯を中止し退去しない場合、相応の措置を取る……と」

山本は通信参謀を下がらせると、宇垣の正面に立った。

「度重なる日本政府の救援要請にもかかわらず、欧州三国はこれを拒否した。そこで我々は国益を守るため、しかたなく出撃した。したがって欧州三国の植民軍が、日本の権益を害している反乱分子を駆逐すると確約するなら、鉱山を守備するための最小限の守備戦力を残し撤収する。

これは日本政府から欧州三国政府へあてた公式書簡の内容だ。当然、オランダ海軍と総督府は、この公式書簡を知った上で警告を送ってきたことになる。つまり日本の公式書簡は検討にあたいしないと返事してきたのだ。ならば我々も、相応の態度を見せねばなるまい」

「ですが……まだ我々は攻撃されておりません」

作戦予定では、攻撃されない限り様子を見るとなっている。

もしオランダ軍から攻撃を受けないまま、ソロアコ鉱山の暴動が鎮圧されたら、ここでの軍同士の戦闘は回避される。

その場合、連合艦隊は、つぎの目的地である英領ボルネオのブルネイにあるセリア石油採掘所沖へ向かうことになっている。

このセリア採掘所もまた、日本の民間企業の手により石油開発が行なわれている場所だ。すでに一六本の油井が可動し、積出港に指定されたブルネイ湾を望むセラサ港近くには、数十基もの石油タンクが林立している。

セリアからセサラまで九〇キロちかくあるが、セリア周辺に良港がないため、わざわざセサラまで陸上輸送しなければならないのが辛いところだ。

ちなみに英国は、セリアに油田があることを知らなかった。

あくまで令和世界の情報をもとにした石油試掘の申請だったから、英国政府も『出るわけがない』とタカを括っていたらしい。

なのにけっこうな採掘権料と、万がいち石油が出た場合は、採掘量の三〇パーセントに相当する金額を植民地税としておさめる契約を結ばされた。

まさに日本は暴利をむさぼられたことになるが、それでも日本への石油安定供給のためならと、血の涙を流して開発した経緯があった。

なのにヨーロッパで戦争が始まったら、三国はそろって手のひらを返し、日本の権益を奪い取ろうとしている……まさに日本が舐められている証拠だった。

「手を出してこないのなら、採掘所の構内に限ってだが、片っぱしから暴動を鎮圧するだけだ。なにしろ我々が鎮圧するのは、日本が許可を得て採掘している場所と、日本が金と資材、人員を出して建設した港だけだからな。

暴徒は共産主義者だから、日本と欧州三国の区別などしない。もともとソ連から植民地の独立を焚きつけられての暴動だから、どちらかといえば暴徒の主敵は欧州三国なのだ。結果的に、日本の防衛地点を駆逐された暴徒は、そのぶん欧州三国の植民地拠点へ殺到することになる。まさに自業自得だ」

山本五十六の言葉により、ようやく日本の策略が見えてきた。

放置すれば、暴動は激化するばかりだ。日本は自分たちの領域内だけ防衛すればいいから、ほかの場所は見て見ぬふりをする。

それがわかっているから、欧州三国は日本に対し軍事的な介入を拒否したのだ。

まず拒否し、日本が折れたら、今度は欧州三国連合軍になら参加させてやってもいいと上から目線で提案する。

これが最終目的だから、日本が折れない場合、高い確率で軍事衝突が発生する……。

日本の実力を過小評価していなければ、このような恫喝まがいのことはしない。おそらく『日本は脅せば際限なく譲歩する』と、オランダとフランスに囁いたのは、チャーチル英首相ではないだろうか？

傲慢なチャーチルなら、さも言いそうなセリフだ。

だがそれは、令和世界だけでなく昭和世界でも間違っている。

日本はぎりぎりまで譲歩するが、もはや譲歩できないとなれば、全力をもって反撃に出る国なのだ。

「あと数日もすれば、日本政府が第二弾となる公式声明を発表する。それまで三国が攻めてこなくとも、その公式声明を聞けば戦争が避けられないことを知るはずだ。もっとも……その公式声明は、すでに秘密書簡として英国政府に届けられているのだがな」

まるで将棋を楽しんでいるような感じでしゃべる山本五十六。

たしかにこれは、世界の裏で行なわれている駆け引き《ゲーム》である。

「公式書簡……その内容を知っているのは、ＧＦ内でも長官のみです。我々は知らされていません。まさか公式発表の日まで内緒になされるおつもりですか？」

「事前の打ち合わせでは、英国軍が動くまでとなっている。そしてそれは、もう間もなくだろう。今夜にも、スマトラあたりから朗報が舞い込むかもしれんぞ」

　意味不明のことを口にした山本を、宇垣が苦い顔をして見ている。

　ＧＦ参謀長の宇垣ですら、未来研究所の存在を知らない。

　さすがに謹皇会のことは知っているが、まさか謹皇会を動かしているのが未来研究所という皇居内の組織であり、そこにはたった一人の中心人物しかいないなど、夢にも思っていないはずだ。

「なにか諜報局が動いていることは承知しておりますが……スマトラ島も蘭領東インドのひとつですよ？　そこから朗報とは……一体なにが起こっているのですか？」

　宇垣の問いに山本は応えない。

　代わりに命令を発した。

「これより主力打撃艦隊は、セレベス海を出てスールー海へ入る。そののちボルネオ島北西沖に至る。これは空母機動艦隊も同様である。以後、セレベス海に留まるのは警戒隊の一部のみとなる。輸送部隊の残りと警戒隊の主力部隊は我々に追従せよ。以上、ただちに暗号電で送れ！」

　山本が命令を発した。

　そのため宇垣も雑談しているわけにはいかず、同時に動きはじめる。

　これは当初の作戦予定に含まれている行動だ。

　現在地点からボルネオ島北西沖――リアウ諸島

付近までの一七〇〇キロを、一日半をかけて移動する。移動速度は二五ノット。

ゆえに足の遅い輸送部隊はかなり遅れるが、彼らは別途、警戒隊の主力部隊が護衛するから大丈夫だ。

そして……。

リアウ諸島付近からマラッカ海峡に面するクアラルンプールまで八六〇キロ。

そこには今、山本五十六が主目標と掲げる相手が潜んでいた。

四

二月二七日夜　リアウ諸島大ナトゥナ島沖

高木武雄中将ひきいる護衛艦隊と輸送部隊が、ボルネオ島ブルネイのセリア石油採掘所に強襲上陸を開始した。

上陸地点は、石油採掘所のすぐ西側にある長大な砂浜だ。当然、日本企業が敷地として与えられた土地――これまでは治外法権が認められていた場所である。

同時刻……。

連合艦隊主力打撃部隊は、リアウ諸島の大ナトゥナ島東方沖で補給を行なっている。

戦艦大和の会議室では、臨時の作戦会議が行なわれている最中だ。

そこに、帝国軍統合総司令部より極秘の通信が送られてきた。

「英国政府が日本政府に対し最後通牒を送ってきました！　公式電で、ブルネイへの上陸部隊の展開を即時中止するよう警告してきました!!」

報告したのは通信参謀だったが、すかさず宇垣纏参謀長が叱責する。

「重要電文は要約せず、電文のまま長官に読み上げなければならん」

はっとした顔になった通信参謀が、あわてて手に持っていた電文を読みはじめる。

「セリアの油田は、国際法で定められた英国の固有資産であり、日本の民間企業は採掘する権利のみしか所有していない。

採掘権を暴徒から守るという理由で日本軍が守備戦力を派遣する場合、事前に持主である英国政府の許諾が不可欠である。許諾を得ずに上陸を強行すれば明白な侵略となる。かかる無謀な行為に対して英国政府は、即時かつ全面的な対抗措置を講じる権利を有している。

英国政府は日本政府に対し、正式の手続きをもって警告する。日本時間の二八日午前零時までに、上陸した全部隊を領海外へ撤収させよ。撤収なき場合、英国はただちに対抗措置を実施する。すべての責任は日本にある。これらのことを英国政府は、ここに日本国政府へ警告するものである。英国首相ウィンストン・チャーチル。以上です！」

手にした電文を読み上げた通信参謀は、大役をこなした風に安堵のため息をつく。

「それで……統合軍総司令部からの電文には、日本政府からの伝達事項は書かれていなかったのか？」

山本五十六は、宇垣にではなく通信参謀へ質問した。

「は、はい……作戦予定を変更する必要がない場合、日本政府からの連絡は行なわないとなっておりますので、現状は政府の想定内であると判断しています」

狼狽したせいか、通信参謀は自分の考えを述べるという失態をしでかした。

山本の眉が、かすかに吊りあがる。

しかし声に出して叱責することはなく、つぎの質問に進んだ。

「では作戦参謀。想定内とすれば、このままセリア採掘所への上陸および守備隊の警戒駐屯を続けることになるが、イギリス領ブルネイには英植民軍一個連隊が常駐している。この部隊が侵攻してきた場合、採掘所の安全を確保しつつ防衛をできるのか？」

「陸上の戦闘は問題ないと考えております。問題はセサラにある英国軍の飛行場です。もし英軍航空隊による奇襲爆撃があれば、採掘所を無傷で守ることは不可能です。ただし、英国が宣戦布告もなしに、奇襲的な軍による攻撃を命じるとは思えませんが……」

その時、第一通信室からの直通内線電話が鳴った。

すぐに通信参謀が立ち上がり、会議室の電話台（直通のため数台ある）まで走る。

三〇秒ほど受話器に耳を傾けていたが、受話器を送話器を架台におくと大声で報告する。

「たった今、マラッカ海峡南東部のスマトラ島側にあるランサン島から、潜伏中の軍務省諜報局員による暗号電が届きました！　カリムン島とマレー半島のあいだにある海峡を、英国海軍の艦隊が通過中とのことです。艦隊構成は、戦艦一／巡洋戦艦一／重巡一／駆逐艦六。以上です!!」

クアラルンプールにいた英東洋艦隊の一部——英極東艦隊が、ついに動いた。

事前の情報で判明していることは、英極東艦隊は有事のさい、ただちにシンガポールへ向かい、そこでオランダ艦隊およびフランス艦隊と合流、三国合同艦隊を編成して事に当たるとなっている。

この動きは、英国政府による最後通牒に基づいて行なわれたものだ。

したがって英国政府は、最後通牒を発した時点で開戦を想定し、軍に対し事前の行動を命じていたことになる。

報告を聞いた山本五十六は、躊躇せずに命令を発した。

「作戦を続行する。ただし英国政府から公式の宣戦布告が発表されるか、我が軍に対して明白な三国連合軍による攻撃が行なわれない限り、こちらからの攻撃は絶対厳禁とする。以上、隷下の各方面へ伝達せよ！」

現在時刻は、二七日の午後八時二二分。

これから三時間四〇分ほどで英国の意志が明らかになる。

東南アジアで日本に対抗できる戦力は英国に限られている。

したがって英国の態度が決まれば、同時に蘭仏の態度も決することになる。

「長官。セリアの採掘所を守るため、空母機動艦隊に航空支援を命じなくてもよろしいのですか？」

宇垣が参謀長としての意見具申を行なった。

「午前零時には、おそらく開戦か否かが決定する。どのみち航空隊は、明日の朝にならんと出撃できん。これは相手も同じだから、航空支援要請は零時を過ぎてから判断する。それまでは待機だ」

山本は航空隊の夜間出撃は無理と言ったが、じつは正確にいうと違う。

日本の艦上機は、簡略型ながら現時点で夜間飛行能力を持っている。その理由は、彗星改艦爆に空母の位置を特定する『夜間電波誘導装置』が搭載されているからだ。

艦戦と艦攻には搭載されていないため、もし夜間出撃するとなれば、彗星改艦爆による教導が不可欠となる。しかも夜間戦闘に不可欠な暗視装置や戦闘管制レーダーはまだ開発中のため、出撃するのは可能だが戦うのは無理というちぐはぐな状況にある。

鳴神武人は、日米開戦の時までには何とか夜間出撃が可能なようにすると言っているが、開戦時期が不透明である以上、はたして間に合うかは神のみぞ知るといったところだ。

ともかく今回は、英国が先に動かない限り、こちらはテコでも動かない……。

山本の意志は日本政府の意志でもある。

そして究極的には、鳴神武人の意志であった。

＊

二七日午後一一時五五分。

英極東艦隊はシンガポールにおいて、英蘭仏三国連合艦隊を編成するため先を急いでいる。

現在地点は、集合場所となっているシンガポール海峡まで六〇キロとなっている。

したがって今は、シンガポールの対岸にあるバタム島へむけて、進路を東に変更している最中である。

「オランダ艦隊とフランス艦隊は、すでにシンガポール海峡で投錨《とうびょう》中となっております」

艦隊参謀長からの報告を受けた英極東艦隊司令長官（英東洋艦隊司令長官を兼任）のトーマス・フィリップス中将は、そろそろ艦橋に上がって欲しいとの参謀長の要請をうけ、たったいま戦艦プリンス・オブ・ウェールズの艦橋へきたばかりだった。

「ブルネイに上陸した日本軍は？」

「英国政府の公式な撤収警告を無視し、石油採掘所の敷地内に居座ったままです」

「そうか……」

フィリップスは一八八八年に生まれた。

当然ながら、一九〇二年に締結された日英同盟のことを知っている。

一九〇三年に士官候補生として海軍に入隊した時から、同盟条約が失効するまでの二〇年間、幾度も日本海軍と交流する機会があった。

それが今、運命の悪戯により敵になろうとしている。

いざ戦艦同士の戦いになれば、一九四一年に完成したばかりの最新鋭艦であるプリンス・オブ・ウェールズが負けるはずがない。そう信じている。

英国情報部の調べでは、日本は長門型二隻を建艦して以降、あらたに一隻の大型戦艦を建艦したとなっている。

その艦が竣工したのは一九三八年だから、おそらくプリンス・オブ・ウェールズを越える性能ではないと予測している。

問題は、日本がどれくらいの戦艦を出してきたかだ。

もし長門と陸奥の二隻と新型艦の三隻ならば、正面から射ちあえば苦しい戦いになる。

しかし日本が本土の守りを薄くしてまで、主力戦艦のすべてを出してくるとは思えない。

未確認情報ながら、ボルネオ島北端を移動する日本艦隊が、偵察中の英軍機によって視認されたという。

それによれば、艦種不明の大型戦艦一隻と、おそらく扶桑型であろう二隻の戦艦をふくむ大艦隊が移動中とあった。

艦種不明の大型戦艦とは、たぶん新型艦のことだ。

となると長門型の二隻は、日本で留守番をしている……。

扶桑型は最大速度が二四ノット強。三六センチ主砲六門だから、プリンス・オブ・ウェールズの三五・六センチ主砲一〇門のほうが優位だ。単艦同士の戦いなら勝てる。

巡洋戦艦レパルスは、装甲こそ薄いものの、主砲は三八・一センチ主砲を六門も持っている。だから場合によっては充分に戦力となる。

となると問題は、やはり未知の新型艦……。

「海戦になれば、こちらの被害も大きくなる可能性が高いな」

まだ戦ってもいないうちから不穏なことを口したフィリップスを見て、参謀長が驚きの声を上げる。

「日本海軍は、たしかにロシア極東艦隊を破った実績があります。しかし、すでに東郷元帥はなく、現在の指揮官は代替わりしています。ですから、たとえ我々のほうが劣勢であろうと、作戦の妙を突けば勝つことも可能だと思います！」

「いや……勝つ必要はない。砲火を交えることは必要だが、あえて馬鹿正直に被害を受けることはない。我々は日本艦隊をできるだけ引きつければいい。トドメは東洋艦隊主力部隊にやってもらう」

インドにいた東洋艦隊主力部隊は、いまごろ最大艦隊速度でクアラルンプールへ驀進中のはず。

二月に入って増強された主力部隊には、じつに五隻の戦艦と二隻の正規空母／一隻の軽空母がいる。

これらと最終的に合流すれば、日本艦隊を圧倒する戦力となる。

その時こそが決戦の時……。

そうフィリップスは考えたのである。

「至急伝達！」

夜間警戒態勢のプリンス・オブ・ウェールズ艦

橋に、伝令の声が響く。

ふと腕時計を見ると、すでに午前零時を過ぎていた。

「英国は日本時間の午前零時をもって、日本に対し宣戦を布告する。東南アジアの各方面において侵略行為を続行中の日本軍に対し、これを断固阻止するため、英陸海軍は戦闘行動に移れ。

同時に、オランダおよびフランス両国も日本へ宣戦を布告し、共に東南アジアの国家権益を防衛する戦いを始める。以上が英国政府がインド総督府を経由して行なった公式通達です。

続いて艦隊に対する命令が下りました。英国海軍総司令部より東洋艦隊司令部宛に、作戦プランAに基づき、粛々と作戦を実施せよとのことです！」

「艦隊全艦、戦闘準備！　これは訓練ではない。以上、全艦へ伝えよ！」

まず自分の艦隊に命令をくだす。

つぎに参謀長を見ながら命令する。

「オランダ艦隊およびフランス艦隊に暗号通信。三国連合軍協定に基づき、これより蘭仏艦隊は英艦隊の指揮下に入る。あらためて命ずる。ただちに戦闘準備態勢に入りつつ、朝までにシンガポール海峡にて艦隊編成を完了せよ。

次に東洋艦隊に打電。貴艦隊においては、クアラルンプールへの帰港を中止し、ただちにシンガポール海峡へ急行せよ。極東艦隊と合流後、日本艦隊に対し艦隊決戦を挑む。以上、送れ！」

これで準備ができた。

あとは実際に艦隊を合流させて出撃するだけだ。

敵……。

これまでは日本艦隊と呼んでいたが、これからは敵艦隊だ。

敵のいるリアウ諸島まで、おおよそ五〇〇キロ。

両艦隊が二〇ノットで進めば、約七時間で会敵となる。

しかし、極東艦隊のみで出撃するつもりはない。となれば最初の交戦は、最速でも一七時間後……。

ちょうど陽が暮れる時間だ。

日本艦隊が夜戦に持ちこむつもりなら、この状況を歓迎するはず。

昼間はシンガポールにいる陸軍航空隊に攻撃される恐れがあるから、おそらく日本艦隊は夜を待つだろう。

その見極めは、明日の朝にシンガポールから長距離偵察機を出して調べればいい。

むろん艦隊に所属している艦載水偵による索敵も実施するが、いかんせん水偵（シーフォックス）の航続距離は七一〇キロしかない。

これだと片道三五五キロだから、シンガポール海峡からだと敵艦隊まで届かないのだ。

「さて、お手並み拝見といこうか」

この時点でフィリップスは、完全に日本艦隊をナメていた。

もし真実を知っていたら、今頃はどうやって遁走するか算段していたはずだ。

しかし、それを知る手だてはなかった。

第三章　対英蘭仏戦争、開戦！

一

一九四二年（昭和一七年）二月　東南アジア

二月二八日。

この日が昭和世界の日本にとって、第二次世界大戦の開戦日となった。

ただし相手は欧州三国のみで、合衆国とはまだ開戦に至っていない。

現地時間、午前零時二六分……。

開戦の狼煙《のろし》は、セレベス島にあるソロアコ鉱山であがった。

コロノダーレに進駐していたオランダ植民軍一個大隊が、前日の午後八時の段階で、日本の専用港であるドンジ港の西側一キロ地点まで接近していた。

そして午前零時の英蘭仏三国による対日宣戦布告に合わせて港へ侵攻、港を守備していた帝国陸軍第八軍所属の第一八師団第三歩兵大隊との交戦に入ったのである。

しかし……。

なぜオランダ軍は、防備の厚いドンギ港を攻めたのだろう。

ドンギ湾内には、陸軍一個連隊を乗せた輸送船がいる。

彼らは海軍陸戦隊の交代部隊だ。そのため洋上で待機しているが、必要ならば増援として投入されることになっている。

いくらオランダ軍が情報に疎くても、湾内に重巡を旗艦とする護衛部隊の分隊と輸送船がいれば、増援部隊がそこにいるくらい予想できるだろう。

なのに、それを承知で突入したのには、なにかワケがあるはず……。

この疑問が晴れるには、午前一時過ぎまで待たねばならなかった。

二八日午前一時六分……。

ソロアコ鉱山敷地にある北門——鉱石搬出道路のゲートに対し、どこからか砲弾が撃ちこまれた。

着弾痕と砲弾の破片から、クルップ社製の七五ミリ野砲弾と判定された。

だが、この砲を装備している部隊は、ソロアコ鉱山から一五六キロ南西に隔てたところにあるパロポにしかいないはず……。

事前の調査では、パロポには、マカッサル陸軍基地にいる一個師団の分遣隊となる一個歩兵連隊が駐屯していることが判っている。

パロポとソロアコ鉱山は未舗装路でつながっている。

歩兵連隊が未舗装路を一五六キロ踏破するには数日かかる。

となれば真相はひとつ……。

オランダ軍は宣戦布告の数日前に、ソロアコ近郊へ移動を終えていたのだ。

セレベス島はオランダの植民地のため、そこを軍がどう移動しようと問題はない。しかも最近は、鉱山労働者による暴動が頻発しているため、それらの鎮圧目的で軍が移動することは、むしろ歓迎されるはずだ。

これらのことを考慮すると、ドンギ港を襲撃したコロノダーレのオランダ軍は、陽動と牽制——ソロアコ鉱山へ日本軍が増援できないようにするための抑止部隊ということがわかる。

本命は、パロポからきた一個連隊だ。それが午前一時過ぎに攻撃を開始したのである。

対する日本軍ソロアコ守備隊は、二個陸戦大隊と一〇〇名弱の民間警備隊のみ。

戦力比は、オランダ軍二三〇〇対日本軍一七〇〇。

陸戦隊は揚陸作戦を担当する部隊で、一時的に拠点を攻略／防衛するための装備と補給物資しかもっていない。

早い段階で、装備の充実した陸軍部隊と交代する部隊なのだ。

ただし……オランダ植民軍の装備も、お世辞にも良いとは言えない。

いまソロアコ鉱山を攻めている歩兵一個連隊も、野砲は一〇門ほどしかなく、戦車はゼロ。小口径の迫撃砲と機関銃がせいぜいで、主戦力はボルトアクション式のシュタイヤー・マンリッヒャー小銃である。

この戦力では、ソロアコ鉱山を制圧するのは難しい。

おそらくオランダ軍は地の利を生かし、長期戦で日本軍の疲弊をさそう作戦なのだろう。

だが……。

この程度のことは日本軍も想定していた。

一九四〇年早々に決定した、仏印――フランス領インドシナへの日本軍進駐。

これは日本が打ちこんだ、東南アジアに対する巨大な楔《くさび》である。

仏印南部にあるサイゴンには今、増援第二陣となる第一七軍所属の八個師団が待機している。

宣戦布告の前だと、この軍は動かせなかった。

しかし今は違う。

午前零時の宣戦布告以降、サイゴンの日本軍が動きはじめた。

先遣隊となる二個師団を乗せた仏印方面輸送部隊（輸送船二四隻／護衛駆逐艦四隻／海防艦一〇隻）が、深夜の南シナ海へ旅立って行った。

サイゴンからブルネイまで約一〇〇〇キロ。鈍速の輸送部隊でも二日あれば到着する。その後はピストン輸送で、東南アジアの各植民地へ大軍を送りこむ予定になっている。

さらには陸軍の九四式爆撃機を中心とした爆撃隊が、今日の朝にもサイゴン基幹航空基地から出撃する。

まずブルネイに陸軍の拠点を設置し、英軍飛行場も奪取する。

それが完了するのに一週間かかる。

つまり日本軍の本格的な侵攻は、一週間後に開始されるのだ。

それまでは、連合艦隊と第一次派遣部隊で耐えることになっていた。

＊

ここは最新鋭潜水艦——伊号一〇一潜の発令所。

伊号一〇一潜は、伊号一〇〇型潜水艦の一号艦だ。

現在は浮上して電波を受信する態勢にある。

「連合艦隊より入電！　作戦開始です!!」

ＧＦ司令部発の作戦開始命令を受けとった通信班長が、ヘッドホンを外して立ちあがった。

「作戦を開始する」

命令を発したのは、警戒隊司令官の醍醐《だいご》忠重《ただしげ》少将である。

潜望鏡の前にある、小さな据えつけパイプ製椅子に座っている。

「急速潜航、深度一五。潜望鏡深度のまま、シンガポール海峡に集結中の敵艦隊へ接近する」

醍醐の命令を受けた伊一〇一艦長の山崎晴吉大佐が、ささやくような声で命じる。

山崎は第一潜水隊の隊長も兼任している。第一潜水隊には四隻の伊一〇〇型潜水艦が所属している。全艦が周辺の海中で待機中だ。

まず伊一〇一が行動を開始する。これが潜水隊に対する作戦開始の合図になっている。

現在地点はシンガポール港から四〇キロ東方沖。位置的にはビンタン島の北方、シンガポール海峡の東側入口にあたる。

周辺海域には、伊五〇型潜で構成される第三潜水隊も潜んでいる。

合計で八隻、彼らが日本海軍の尖兵となるのである。

伊号一〇〇型の水中最大速度は一四ノットと高速だ（水上は二四ノット）。

しかし在来型の改装版となる伊五〇型は一〇ノットしか出ない。そのため、どうしても遅いほうに歩調を合わせる必要がある。

一〇ノットは時速一八・五キロ。

この速さで四〇キロを踏破するには二時間強が必要になる。

ただし、実際はゼロ距離で攻撃するわけではないので、二時間ちょうどで交戦可能になるよう作戦が調整されている。

「夜が明ける前に攻撃を終了して退避する。深追いはしない」

今回の作戦は一撃離脱を厳命されている。

敵艦隊を漸減することが主目的のため、一撃したら、あとは他の部隊にバトンタッチすることになっていた。

じりじりするような時間が過ぎていく……。

令和世界の防音技術を投入された伊一〇〇型は、発令所だと推進音はわずかしか聞こえない。とても水中最大速度で進んでいるとは思えない静けさだ。

　これには世界初となる秘密がある。

　昭和世界の艦船に使用されているスクリュープロペラは、ごく一般的な三枚から五枚の丸型ブレードで構成されている。

　しかし伊一〇〇型に限らず、戦艦大和以降の新造艦のほとんどは、六枚から八枚のハイスキュー（スキュード）プロペラが採用されているのだ。

　これはまだ昭和世界で発明されていない、文字通りの極秘事項である。

　ハイスキュー化により、真空泡（キャビテーション）の発生を遅らせることができる。その結果、回転数を増やすことが可能になり、速度の飛躍的な向上と推進音の低減が可能になったのである。

　艦内の騒音防止に関しては、騒音発生源となる駆動装置を支えるダンパーを、従来のゴムから耐震／防音性能にすぐれたウレタンエラストマー製に交換し、さらには制震アブソーバーを必要箇所に設置してある。

　すべての騒音源をフルフローティング構造とし、それらをダンパーとアブソーバーで支える仕組みは、令和世界の潜水艦設計でしか見られないものだ。

　それだけに効果はすごい。

　可能なら既存潜水艦にもすべて採用したいところだが、それには艦体分離などの大改修が必要になるため、交換可能なダンパー類のみの改装となっている。

　それでも旧式のものより恐ろしいほど静かになったのだから、いかに日本の潜水艦が騒音を巻き散らしていたかわかるというものだ。

神経をすり減らす二時間が、ついに過ぎた。

「艦長」

小声で副長が、山崎に潜望鏡を明け渡す。

光電増幅真空管をつかった暗視スコープの中に、緑色に浮かびあがる戦艦の姿が見える。

「艦影確認。目標、戦艦プリンス・オブ・ウェールズ。一番から四番、発射管開け」

もはや日本軍は、暗夜をものともしない秘密兵器をもっている。

残念ながら装置の大きさと消費電力の関係から、まだ航空機に搭載できる状況ではないが、少なくとも必要な艦船には順次搭載が始まっている。

「一番から四番、発射準備完了」

伊一〇〇型の前部発射管は左右合計で八門。

そのうちの四門の準備が完了した。

後部にも二門があるが、これは敵艦に追尾された場合に威力を発揮するはずだ。

「射てっ」

潜水艦内では、すべてが静かに推移する。

本来なら叫びたいところを、ぐっと我慢する。

――ゴボボッ。

さすがに魚雷を圧搾空気で射出する瞬間の音だけは、艦内にも響きわたる。

「隷下の三艦、順次発射中」

伊一〇一の発射が攻撃開始の合図になっている。

合図を受けた各潜水艦は、各自で目標を定めて魚雷を発射する決まりだ。

そのため目標が重複するのは仕方がない。

いま射ったのは、すべて零式六〇センチ音響追尾式長魚雷だ。

目標までの距離は六キロ。

目標がほとんど停止状況なのを考えると、音響追尾は効果がないかもしれない。

しかし近い距離と相手が密集状況のことを考え

ると、命中するのは間違いない。

山崎は潜望鏡のモードを『暗視』から『通常』へ切りかえる。

とたんに視界が暗くなり、かすかに敵艦のシルエットが見えるだけになった。

——カッ！

水中に爆発閃光が走る。

これを『暗視』で見ると目が潰れる。

それを防止するための切り換えだった。

——ズズーン！

遅れて水中を爆発音が伝わってくる。

「一、二……三発命中」

「四発めの起爆音を確認しました」

聴音手が座ったまま報告する。

四発めは他の艦に命中したらしい。

「五番から八番、発射」

今度の発射も、そのままプリンス・オブ・ウェールズを狙った。

どうせ外れても他の艦に当たる。

——ゴボボッ。

圧搾空気による射出音が響く。

「急速潜航、深度八〇。潜航しつつ反転離脱する！」

ぐずぐずしていると駆逐艦がやってくる。

すでに海峡内は、魚雷の爆発で騒音まみれだ。

大声を出しても聞かれる心配はない。

伊一〇〇型の安全深度は一二〇メートルもある。

もちろん現時点でダントツの性能である。

いざとなれば、敵の爆雷が届かない深海へ逃げられる。このアドバンテージは無限に大きい。

「さて……つぎは空母航空隊の番か」

ひと仕事を終えた醍醐忠重少将は、ぽんと山崎艦長の肩を叩きながら呟いた。

二

二月二八日朝　マラッカ海峡

現地時間の午前五時二〇分……。

シンガポール近辺の夜明けは、二月だと午前七時過ぎになる。

夜明けと同時の航空攻撃を実施するためには、どうしても夜明け前に空母を出撃しなければならない。

南雲忠一率いる第一機動艦隊は、いまタイ湾のド真ん中にいる。

この海域から、マラッカ海峡のインド洋側出口に近いアンダマン海まで、おおよそ八〇〇キロ。

そこには今、シンガポールに急行中の英東洋艦隊がいる。

戦艦ウォースパイト／レゾリューション／ラミリーズ／ロイヤルソブリン／リベンジ。正規空母インドミタブル／フォーミタブル。軽空母ハーミス。重巡コーンウォール／ドーセットシャー／ロンドン／スーザン／キャンベラ。軽巡エンタープライズ／エメラルド／ヒームスカーク……。

空母を除けば、連合艦隊を陵駕する規模の大部隊だ。

フィリップス長官が極東艦隊司令官として出動中のため、東洋艦隊をシンガポールまで移動させる役目は、一月に東洋艦隊副長官に抜擢されたばかりのブルース・フレーザー中将に任せられている。

「第一次航空攻撃隊、出撃！」

空母赤城に乗艦している源田実《げんだみのる》航空隊長の命令が響く。

その声は、通信室の九九式甲型母艦航空無線電話によって、上空で出撃命令をまつ一八五機の航空攻撃隊へと伝わっていく。

第一次航空攻撃隊の目標は、シンガポール海峡にいる英極東艦隊ではない。

八〇〇キロ離れたところにいる英東洋艦隊だ。

令和世界の零戦を陵駕する九五式艦上戦闘機、『駿風』の愛称が付けられたそれが六〇機。『彗星改』の名をもらった九六式艦上爆撃機が八〇機。同じく『流星改』の九六式艦上攻撃機が四〇機……。

世界が初めて目にする、未曾有の空母艦上機による大編隊である。

「頼むぞ。日本軍の力を世界に見せつけてやれ！」

いつもは冷静なはずの草鹿龍之介《くさかりゅうのすけ》艦隊参謀長が、喉を震わせて声を出している。

しかも日本海軍ではなく『日本軍』と明言した。明らかに陸海統合軍を意識しての発言である。

「ただちに第二次攻撃隊の出撃準備に入れ」

南雲長官の落ち着いた声が流れる。

第一次攻撃隊が戻ってくる前に、第二次攻撃隊を出撃させる。

目標は、今度こそシンガポール海峡にいる英極東艦隊である。

南雲機動部隊は、朝の短時間で、遠く離れた英海軍の二個艦隊を、ほぼ同時に袋叩きにするつもりらしい。それは世界の海軍にとって、ありえないほどの非常識であった。

＊

「駆逐隊、前進して全力で対潜駆逐を実施せよ！」

血相を変えたフィリップス長官の怒号が響く。

夜が明けるにつれて、被害の甚大さが明らかになってきた。

いったい日本海軍は、どれだけの数の潜水艦を投入したのだろう。命中した魚雷だけで三〇発もあるのだ。

夜間の攻撃だったせいで、外れた魚雷の数はわからない。しかし常識で考えると、三〇発の魚雷を命中させるためには一五〇発以上の発射数でなければおかしい。

一五〇発といえば、二〇隻前後の潜水艦が同時に発射した計算になる。

それだけの数の潜水艦が、シンガポール海峡の狭い範囲に展開していた……。

これは身の毛もよだつほどの脅威である（あくまで勘違いだが、脅威に関してだけは正しい）。

「現在、極東艦隊所属の駆逐艦四隻と、オランダ艦隊から四隻の駆逐艦、フランス艦隊は二隻を出して対潜哨戒中です。これ以上は出せません。あとはシンガポール港にいるフリゲートに出撃要請するしかありませんが……」

参謀長の返事を聞いて、フィリップスのこめかみに浮かぶ青筋が太くなった。

「だったら、さっさと要請しろ！　これ以上魚雷を食らったら、東洋艦隊との合流が不可能になる。はやくしろっ！」

いまフィリップスは、巡洋戦艦レパルスの艦橋にいる。

なんと艦隊旗艦だった戦艦プリンス・オブ・ウェールズは、八発の魚雷を食らい朝を迎える前に沈んでしまったのだ。

イングランド国王の最年長の王子に与えられる高貴な名。それがプリンス・オブ・ウェールズだ。王位継承権第一位の名を冠した大英帝国自慢の新鋭戦艦が沈められた……これで衝撃を受けない英国国民はいない。

他の艦の被害も大きい。

いま乗艦しているレパルスも一発を右舷前部に食らい、左舷に注水してようやく平均を保っている。駆逐艦テネドスとバンパイアは、流れ玉の魚雷が命中して爆沈してしまった。

無傷なのは重巡エクゼターと駆逐艦四隻という目を覆うばかりの惨状である。

オランダ艦隊とフランス艦隊は、英極東艦隊の後方……西側で陣形を固めている最中だったため、流れ魚雷により重巡トゥールビルが中波、駆逐艦一隻が沈められたのみとなっている。

それでもフィリップスは、レパルスとエクゼターが戦えると判断し、東洋艦隊との合流を目論んでいる。

まさに、すがるような思いだ。

だがそれは、到底かなわぬ思いでしかなかった。

「八キロ東方、て、敵の航空機集団！」

それは朝日を背にした、悪魔の群れ……。

もはやフィリップスに、成す術はなかった。

＊

マラッカ海峡を南下中の英東洋艦隊にむけて飛行中の第二次航空攻撃隊は、ようやく半島を飛び越え、目標としている海域上空へ到達しつつあった。

南雲機動部隊からシンガポール海峡まではハ二〇キロ。そのため第二次攻撃隊は、ほぼ第一次攻撃隊と同じ距離を飛ぶことになる。

結果的に出撃に要した時間差のみの短いスパンの攻撃になる……。

なんとも無慈悲な作戦である。

空母航空隊の速度は、もっとも遅い九六式艦上攻撃機（流星改）に足を引っぱられる。それでも、重い航空魚雷を抱えてさえ巡航四五〇キロが可能だ。

燃料に関しては、翼下に落下増槽二個を装着すれば片道一一〇〇キロが可能だから、八〇〇キロの行程は余裕をもって飛ぶことができる。

八〇〇キロを時速四五〇キロで飛ぶと、一時間四〇分で到着する。

出撃は午前五時二〇分。となれば到着は午前七時ちょうど。

ほぼ夜明け直前の攻撃になる計算だ。

「こちら艦爆隊長の江草。あと一〇分で敵艦隊と遭遇の予定。艦爆隊は高度を四〇〇〇に上げる。以上なお各編隊の無線電話の使用を許可する。以上だ！」

次第に明るさを増していく空に、短距離無線電話の電波が飛ぶ。

第一艦爆隊の目標は英東洋艦隊となっている。

赤城艦爆隊の隊長を兼任している江草隆繁《えぐさたかしげ》少佐は、現時点で日本海軍最強の艦爆乗りだ。

相模湾で行なった急降下爆撃訓練では、四回行なって四回とも標的に命中するという快挙を成し遂げた。

トップが神業的な能力を発揮できるのだから、おのずと訓練も過激になる。

ここに至るまでに艦戦隊から二名、艦爆隊から四名、艦攻隊から二名の殉職者（平時の訓練のため戦死とはならないが、残された者に対する手当などは同じ）を出してしまったのも、あまりにもギリギリの線を求めた結果だった。

「こちら艦戦隊長の日浦。高度二〇〇〇に敵直掩機がいる。まだ上がったばかりのようだ。こちらで対処するので、艦爆隊と艦攻隊は予定通りに攻撃を始めてくれ。以上」

夜明け前なのに直掩機を上げるとは、なかなか用心深い。

発艦するだけなら未明にでもできる。だが着艦は難しい。

おそらく夜明け後まで直掩し、飛行甲板がしっかり視認できるようになってから着艦するのだろう。

艦爆隊の前方を飛んでいた艦戦隊の半数が、急降下で高度を落としていく。

敵機が空母艦上機なら、おそらくフェアリーフルマーだ。

しかも時期的に非力なマークIだから、最高速は四〇〇キロに達しない。

対する九五式艦戦（駿風）は五七二キロ。まるで勝負にならない……。

それでも母艦を守るのが直掩機というものだ。急降下していった先で、次々と英軍機が撃墜されていく。

それを見た江草は、敵の直掩機は気にしなくていいと思った。

「攻撃を開始する。各編隊で演習通りに目標を定めろ。大丈夫、絶対に当たる！　我に続け!!」

江草は無線電話のマイクをフックにかけると、素早い操作で急降下態勢にはいる。

まず一段めの急降下フラップを操作しつつ六〇度降下態勢に入る。

この角度で目標の艦を定めつつ高度二〇〇〇まで落ちる。

「目標、前方下の空母！」

江草は、後部座席にいる真名部二飛曹に聞かせるように大声を出した。

真名部は江草と背中合わせに座り、後方の九六式七・七ミリ旋回機銃を操作している。そのため眼下の空母を見ることができないのだ。

高度二〇〇〇。ここまで敵艦戦の攻撃はない。二段めの急降下フラップを開く。同時に降下角度を八〇度まで深めていく。

この二段式急降下フラップは、まだどこの国の急降下爆撃機も採用していない新機軸だ。

強力なエンジンと強度に満ちた機体のため、一段だけのフラップでは速度が上がりすぎる。そこで二段めのフラップを使うことで速度を調節する。

八〇度の急降下は、体感的には垂直降下のようだ。

恐ろしいほどの恐怖が襲いかかる。

高度計は狂ったように減数していき、敵空母は見る見る大きくなっていく。

「ていッ！」

高度六〇〇で五〇〇キロ徹甲爆弾を投下する。

ガタンという衝撃と同時に、操縦桿が軽くなる。

「うおおおお——っ！」

渾身の力を込めて操縦桿を引く。

だが、まだスロットルは開けない。

この角度でスロットルを開くと、急降下したまま海面に一直線だ。

高度五〇〇を切る。

まだ機体は引き起こせない。

機体の左右を、敵空母が打ち上げた対空機関砲の曳光弾がすり抜けていく。

——クン！

ほんのわずか……。

操縦桿に手応えが伝わってきた。

海面に近づき、濃密な大気による翼流効果が出はじめた証拠だ。

次の瞬間。

ぐいっと機首が持ち上がる。

すかさず急降下フラップを閉じ、ストッロルを全開にする。

彗星改の金星改一一型には、排気タービン式加給装置がついている。

そのためスロットルを全開にしても、ほんのわずかの時間、タイムラグが生じる。

高度三〇〇。

――グォン！

野太い排気音とともに、ＳＯＨＣ空冷複列一四気筒三八リッターエンジンが息を吹き返す。

そこからの回転数上昇にともなう大トルク発生は圧巻だ。

二八五〇キロの機体を、背中が座席に押しつけられるほどの加速で引っぱりあげる。

この高度だと、最大出力一八五〇馬力が完全に発揮される。

「よっしゃー！　敵空母に命中を確認!!」

後部座席の真名部二飛曹にも、ようやく目標にした空母が見えたらしい。

反対に江草には、大きく広がる空しか見えていない。

「離脱する。真名部、編隊各機の確認をしてくれ」

ぐんぐんと高度を上げながら、すでに江草は爆撃後の行動に移っていた。

＊

「インドミタブルの飛行甲板に大型爆弾が直撃!!」

こちらはマラッカ海峡の英東洋艦隊。

戦艦ウォースパイトの艦橋に飛びこんできた洋上監視兵が、喉が壊れそうなほどの大声で報告した。

戦艦部隊は、空母三隻の前方に位置している。

そのため艦橋からは空母部隊が見えない。

「どこから来た航空隊だ……」

まさかまさかの敵空襲。

臨時の艦隊指揮官となったブルース・フレーザー中将は、完全に予想外の出来事に硬直してしまった。

「敵機は単発機です！　シルエットから日本海軍の艦上機と思われます!!」

機影図なら、平時に日本へ潜入した英国情報部のスパイによって得られている。

どう隠そうが、飛行中の機影は撮影されてしまう。

だから日本海軍も、機体そのものを秘密にするのは諦め、性能を極秘指定することでアドバンテージを守ったのだ。

「日本海軍の空母艦上機だと？　敵空母がマレー半島ぎりぎりまでやってきたというのか!?」

マレー半島のすぐ沖まで接近すれば、現在地点まで五〇〇キロほどになる。

その距離なら、事前に調べた日本の艦上機の航続距離だと航空攻撃も可能……。

ちなみに英情報部が掴まされた航続距離は、いずれも落下増槽を搭載しない場合で、なおかつ機体燃料タンクを八割満たした状態――公開演習した時のものだ。

陛下も出席しての大演習だったため、まさか海軍広報部が発表したデータがウソ八百だとは夢にも思っていないはず。

「マレー半島のタイ国領内に、日本海軍の航空基地があります。もしかすると、そこからやってきたのかも？」

参謀長が、フレーザーの考えを否定した。

英海軍の常識からすれば、こちらのほうが正しい。

「反撃できるか？」

フェアリーフルマー艦戦の航続距離は一二五五キロ（片道六二七キロ）。

ブラックバーン艦爆も一二二〇キロと似たようなものだ。

しかしフェアリーソードフィッシュ雷撃機は八八〇キロしか飛べない。

だから現在地点からは、相手が陸上航空基地だろうと空母だろうと、英空母艦上機による攻撃は不可能だ。

「残念ながら……現在地点からでは距離が足りません」

まさか日本軍のどの艦上機も、のきなみ二二〇〇キロ以上の航続距離を誇るなど、欧米列強の空母艦上機設計者は想像だにできないだろう。

それはまさしく、軍事的な非常識であった。


――ドッ！

フレーザーの乗る戦艦ウォースパイトが、わずかに揺れた。

「右舷中央に魚雷が命中！」

魚雷の命中による衝撃は小さい。

だが艦は、静かに死んでいく。

「被害確認、急げ！」

ウォースパイトの副長が叫んでいる。

だがその声は、艦橋上部観測所に繋がる伝音管に噛りついていた少尉の声にかき消された。

「報告!!　ロイヤルソブリンとフォーミタブル、撃沈されました!!!」

もはやそれは悲鳴だ。

上空に味方直掩機の姿はない。

圧倒的に優勢な敵艦戦によって、すべて叩き落とされてしまった。

必死に射つ対空砲や対空機銃も、あまり戦果を上げていない。なぜなら、敵機の数が多すぎるからだ。

少なく見ても一〇〇機以上……。

東洋艦隊に所属する全空母の艦上機を全力出撃させても、とても一〇〇機には満たない。陸上基地からの出撃でなければ、いったい日本海軍は、どれだけの数の空母を出してきたのだろう……。

それを思った途端、フレーザーは大きく身震いした。

震えが止まらないのだ。

今まさに、英海軍の誇る東洋艦隊が、一方的に爆殺されようとしている。

その事実を知り、恐怖が全身を震わせている。

「ハーミス、スーザン、ヒームスカーク、いずれも撃沈!!」

フレーザーの悪夢は留まることを知らなかった。

三

二八日朝八時　リアウ諸島東方六〇キロ

「第一機動艦隊からの戦果報告です。確定報告のみを打電してきました」

そう告げると、わざわざ第一通信室からやってきた第一通信室長が、一枚の電文用紙をさし出した。

受けとった山本五十六は、頭に叩きこむような視線で読み進む。

『英東洋艦隊。戦艦三撃沈。戦艦一中波。正規空母二撃沈。軽空母一撃沈。重巡一撃沈。重巡二中波。軽巡一撃沈。駆逐艦二撃沈。

英蘭仏連合艦隊。戦艦一撃沈。巡洋戦艦一撃沈。重巡二撃沈。軽巡一撃沈。駆逐艦四撃沈』

恐ろしいほどの被害である。

とくに空母三隻を失ったのは痛い。事実上、英東洋艦隊は壊滅している。

「これで作戦の障害になるものは取り除いた。敵の残存艦が無謀な突撃をしてきても、我々が受ける被害は微々たるものとなる……」

制空権を失った艦隊は脆《もろ》い。

それを世界で一番理解しているのが、元航空本部長だった山本五十六である。

まだ三国連合軍には陸上航空隊がいるとはいえ、それらはこれから南雲機動部隊が潰して回る。

神出鬼没な機動部隊と、陸地に固定されている航空基地とでは、どだい勝負にならない。

機動部隊はいつでも奇襲が可能なのに対し、基地航空隊は常に充分な数の直掩機を上げ続ける余裕などないから、時間とともに大きな隙を作ることになる。


「長官、御命令を」

影のように近づいてきた宇垣参謀長が、静かな口調で告げた。

「曙作戦第二段階へ移行する！」

そう……。

日本が英仏蘭三国連合と、戦争も辞さずの覚悟で行なった作戦。その名は『曙《あけぼの》』と命名されている。

東南アジアに夜明けをもたらすための、必要不可欠な作戦。その思いが込められた名だ。

もし三国連合が宣戦布告してこなければ、第一段階で終わる作戦だった。しかし相手からの宣戦布告により、こちらに大義名分が与えられた。

だから第二段階——英仏蘭植民地解放作戦に移行する……。

「作戦第二段階移行にともない、第一機動艦隊と第五艦隊に作戦実施命令を通達せよ」

山本の命令に従い、宇垣が他の艦隊へ発令する。

「第一駆逐隊は、引き続き周辺海域の対潜警戒を厳とせよ！」

「大和、妙高《みょうこう》の艦載水上機、シンガポール海峡の現況を調査するため出撃しました！」

「敵陸上機の襲来にそなえ、対空警戒を怠るな！」

次々とGF参謀部の各参謀が、主力打撃艦隊に対し命令を発し始める。

それに加えて、各部門からの報告が錯綜する。艦隊に命が吹き込まれた瞬間である。

「まもなくサイゴンを出撃した陸軍輸送部隊が、本艦隊の支援範囲に入る。第二水雷戦隊は予定通り、輸送部隊支援のため移動を開始せよ！」

最後に作戦参謀が、ブルネイへむかう陸軍部隊支援のための命令を下した。

「長官、少しお休みになられたらいかがですか」

慌ただしく動きはじめたGF参謀部を横目で見ながら、宇垣が山本に寝るよう促す。

「おお、そうだな。宣戦布告からこのかた、一睡もしておらなんだ。しかし、寝ておらんのは参謀長も同じではないか？」

「私はもう少し参謀部でやることがありますので。それが終われば、作戦参謀に艦橋を任せて休ませて頂きます」

「うん、そうしてくれ。では先に寝させてもらうぞ」

そう言うと山本は、専任参謀の黒島亀人《くろしまかめと》を引き連れて艦橋を後にする。

「通信参謀！」

山本の姿が見えなくなると、宇垣は通信参謀を呼んだ。

「統合軍総司令部に現況を打電してくれ。電文内容は、本日の戦果と作戦第二段階への移行のみでいい。あとは他の艦隊なり部隊なりが連絡する手筈になっている」

「了解しました」

通信参謀は、まるで伝令のように一度命令を復唱すると、自らの足で通信室へ向かっていった。

＊

同日、日本時間での午前九時八分。ロンドン。

英国時間では、まだ午前〇時の深夜だ。

そんな時間なのにチャーチル首相は、連日のドイツ軍による爆撃から逃れるため、『地下官邸』と呼ばれる大規模な地下施設に身を寄せている。

ドイツ軍機による大規模な反復爆撃は、英国政府が『バトル・オブ・ブリテン』と名づけたものだ。

これは令和世界のものとは時期が違うだけで、昭和世界でも現実のものとなった。

いや……。

時期が遅れたことで、そのぶんドイツ軍の航空機開発や生産が進捗し、いっそう激しいものとなっている。

それに加えて、今度はドイツ軍の本土上陸……。

まさに踏んだり蹴ったりだ。

まもなくロンドンには、一般市民に対して退避命令が出る。非難先は西部のブリストルと北西にあるリバプールとなっている。

だが、この非難指示は両都市に港が整備されているからで、両都市に到着した市民は、さらに海路と陸路の両方を使って、最終的には北部のスコットランドまで輸送される。

英政府と王室、首都機能もエジンバラへ移され、徹底抗戦の構えを見せている。

本土に上陸されても、チャーチルの不屈の精神はくじけていない。

ようやく合衆国の直接参戦を引き出せたのだ。これから連合国の反撃が始まる。だからここで国を滅ぼすわけにはいかない……。

ルーズベルトを脅した言葉『国が滅ぶ』は、あくまで外交交渉における言葉のアヤだ。心の底から出たものではなかったのである。


「……なんだと!!」

海軍司令部からの電話を受けたチャーチルは、受話器を持ったまま言葉を失ってしまった。

必勝を確信してインドの東洋艦隊に出撃命令を出した。それが一週間前。

なのに相手の艦隊を見ることもなく、壊滅的な被害を受けてしまったというのだ。

あまりの被害に戦意を喪失した東洋艦隊司令部は、英本国に判断を仰がないまま、インドへの艦隊撤収命令を出したらしい。

マラッカ海峡にいた東洋艦隊が攻撃を受けたのだから、シンガポールはむろんのこと、クアラルンプールですら安全ではない。

態勢を立て直すにしても、一端はインドまで下がらせないと、今度こそ全滅してしまう……。

現場の気持ちは、わからんでもない。

だがチャーチルは英国首相だ。

大幅な戦線の後退は、政治的に受け入れられるものではなかった。

「……すぐにインドへ艦隊を派遣するとして、どれくらいかかる?」

電話の相手は、『ファースト・シー・ロード』と呼ばれる男だ。

英海軍の実務トップ、ダドリー・パウンド第一海軍卿（海軍元帥）である。

令和世界のパウンドは、脳腫瘍の悪化により一九四三年に死去している。だが、こちらのパウンドは、電話の様子を見るかぎりその兆候はなさそうだ。

『英本土から回せる戦艦は四隻ほどです。空母は二隻が精一杯。しかしジブラルタル海峡をスペインに抑えられていますので、インドへの回航は喜望峰経由となり、いまから算段しても早くて三ヵ月、遅ければ半年かかると思います』

電話の内容は絶望的ではないまでも、とても即応とは呼べないものだった。

スエズ運河は、まだ英国の支配下にある。なのに地中海経由での移動ができない。

このデメリットは、インドと英国双方にとって非常に痛い……。

しかも枢軸国（ドイツ／イタリア／スペイン／ブラジル／アルゼンチン）は、モロッコをスペイン、北アフリカをイタリア、バルカン半島からトルコに至るルートをドイツに担当分けし、効率良い戦線を構築している。

さすがにブラジルとアルゼンチンにはまともな海軍がないため、南大西洋の制海権を取るのは無理だ（令和世界では、米国供与の艦などがブラジルとアルゼンチンに渡っているが、昭和世界ではそれがない。代わりに旧フランス海軍の艦とドイツのUボートが供与されつつある）。

それでも喜望峰ルートは、これまで以上にUボートによる攻撃にさらされるはず。

現時点で、ブラジルに旧式Uボートが一〇隻、アルゼンチンにも八隻ほど供与されている。そのため、それらが航路妨害に出る可能性は極めて高い。

そのぶんドイツの負担は少なくなる。

現在のドイツは北欧三国を降伏に追いこんだあと、戦力をイギリス本土一本に絞っている。令和世界の時のように、あちこち軍を分散していない。

どうやら昭和世界のヒトラーのほうが賢いようだ。

こうなると合衆国も、初動でイギリス本土以外に戦力を展開する余裕はなくなる。

まずは全力でイギリス本土へ戦力を送り、ドイツ軍をドーバー海峡に叩き落とさなければならない。

他の方面は、それが終了してからしか考えられなかった。

「先は長いか……だが、仕方がない。それでいいから、艦隊派遣の手筈を整えてくれ。私のほうはルーズベルト大統領に、なんとしても参戦第一陣として、大規模な米陸軍と航空隊の派遣をしてくれるよう掛けあってみる。お互いベストを尽くそうではないか」

いまは精神的な励ましかできない自分が口惜しい。

電話を切ったチャーチルは、思わず吸いかけのまま消えていた葉巻を握り潰した。

＊

月が変わった三月一日。

最近の鳴神武人は、マンション自室とつながっている地下施設ではなく、北の丸にある清水門ちかくに新設された『近衛師団第一輜重兵《しちようへい》大隊所属物資倉庫』にいることが多い。

なぜなら、あまりにも頻繁に皇居地下施設から物資の搬出入が相次ぐもので、謹皇会から『宮城を騒がしすぎて不敬にあたる』との苦情が相次いだせいだ。

謹皇会は武人が昭和世界に作らせたようなものだが、だからといって意のままに動く組織ではない。あくまで天皇陛下のためにはせ参じた、文字通りの『謹皇者』たちなのだ。

彼らから『不敬』とまで言われれば、さすがに武人と未来研究所も対処しないわけにはいかない……。

そこで一挙両得をねらい、皇居内の物流を根本から変えることにした。

皇居外に物資を持ちだしやすく、しかも機密が守れる場所があればいい。

それには最適の場所がある。

近衛師団の牙城である北の丸内で、皇居のそとへ出やすい場所――それが清水門の近くにあった物資集積用の空き地だ。

そこに近衛師団の物資倉庫を新設するという名目で、体育館ほどもある大型倉庫を建設し、倉庫の中に大規模な搬出入ができるゲートを設置したのである。

当然ながら物資の搬出入には、武人が直接手を出さねばならない。そのため武人は、倉庫内に衣食住ができる部屋を用意し、時には泊りがけで、集中的に令和世界とのやり取りを始めたのである。

結局のところ……。

未来研究所のある地下施設の会議室に戻ってきたのは、横須賀に出張していたことも入れると三日ぶりのことだった。

「被害を受けた英東洋艦隊は、全速力でセイロン島のトリンコマリー港へ逃げもどりました。味方間諜の監視によれば、シンガポール港に退避した英極東艦隊と蘭仏艦隊は、慌ただしく撤収作業を行なっているとのことです。

現在、タイに駐留していた味方の陸軍第一五軍が、マレー半島を南下するかたちで、シンガポール攻略をめざして進撃中です。未来研究所の予測では、令和世界と同様に、近い将来、シンガポールの英極東艦隊司令部はトリンコマリーに撤収するものと思われます」

今日は仁科所長が出かけていて留守のため、かわりに湯川英樹副所長が応対してくれている。

湯《ゆ》川《かわ》英樹《ひでき》とは、あのノーベル賞を授賞した湯川英樹博士のことだ。

本来なら京都大学で原子物理学の研究をしているはずだが、日本の原爆開発が中止となり、原子炉開発計画は東京大学の主導で行なわれることになったため、湯川もしぶしぶ東京へ引っ越ししてきたのである。

湯川は、令和世界の一九四七年にノーベル物理学賞をとることになるが、授賞理由となったπ中間子の発見に関する論文は、すでに一九三五年に発表している。そのため昭和世界においても、のちにノーベル賞を獲得できる可能性は極めて高い。

だが現時点での湯川は、まだ三五歳の若手研究者だ。

子供の頃から無口で、令和世界では『コミュ障』と揶揄されかねない性格のため、なかなか実績を積めないでいた。

それを気にした八木博士に叱責されたのがきっかけで交流することになり、巡り巡って未来研究所に籍を置くことになったのである。

「専門外の報告なんて部下に任せればいいのに……。湯川博士の無駄遣いって言われちゃいますよー」

「いえ、鳴神さんへの報告は、なぜか僕としても気がねなくできるので、人と話す訓練のつもりで自分から引きうけました。なのでお気になさらず、いつも通りにしてください」

鳴神武人も、コミュ障とまではいかないものの、人付合いはかなり苦手だった。

しかも就職に失敗したことで、根底から自信を喪失していた。その姿が湯川には、どうやら『同類』に見えたらしい。

もともと理系頭脳同士だし、武人が教えたコンピュータのアセンブラ言語に強い興味を示した湯川だったから、その後に自分で覚えたC言語を会話に交えたりして、二人の会話は常人のそれ以上の密度で行なえるようになっている。

「そうなの？　ならいいけど……。ところで東南アジアの陸軍関連の報告って、最新情報は誰がもってるんですか？」

「それは今朝、有馬嬢に渡しましたけど？」

有馬嬢とは、武人の専属秘書——有馬愛子のことだ。

たしか愛子はいま、マンションと繋がっている隣りの通信室にいるはず……。

「隣りにいるはずだから、ちょっと行ってくるね。湯川さんは、そのまま令和世界から持ってきた原子炉関連の資料に目を通しててください。予算さえひねり出せれば、早ければ今年中にも、敦賀湾《つるが》に日本初の黒鉛型原子炉を建設する予定になってますので」

「おお、ついに計画が発動されるのですね！」

敦賀湾に黒鉛型原子炉が完成すれば、湯川は未来研究所の副所長の役職はそのままだが、日本原子力開発研究所の所長になることが決定している。

この原子炉は、貴重なウランをそのまま原発燃料にするのではなく、一度プルトニウムに転換し、令和世界のＭＯＸ燃料と同じ使いかたをするためのものだ。

ただしプルトニウムの量産が可能なため、やろうと思えば原爆も短期間で作れるようになる。

湯川が珍しく興奮を顔に浮かべている。

「それじゃ……」

手で挨拶した武人は、急ぎ足で地下通路に出て、隣りの部屋の扉を開ける。

「有馬さん、統合軍からの最新報告書を渡してください！」

部屋に入るなり大声を出したため、通信室にいる全員が驚いて振りむいた。

「あっ、鳴神さ……最高顧問。いま連合艦隊を通じて、ブルネイに設置された南方方面軍司令部に現況の確認を行なっているところです。確認できていない一次情報を最高顧問に渡せるわけないじゃないですか」

「あ、えっと……ごめん。それじゃ終わるまで待ってる」

近くにあった木製の椅子を引きよせ、邪魔にならないよう壁際にすわる。

「そこまでイジケなくてもいいです！　まるで私が悪いみたいじゃないですか！」

「あうう……ごめん」

謝ってばかりの武人を見た愛子が、くすっと笑う。

見ればヘッドホンをかぶり、電信の打信器に手を添えている通信員以外の全員が、懸命に笑いを堪えていた。

「仕方ありませんね。まだ未確認ですが、ざっと目を通してください。確認が取れ次第、ただちに加筆修正しますから」

そう言うと、束になっている報告書を手渡す。

「あ、ありがと。えーと……」

なんかやり込められてばかりで口惜しいとばかりに、武人は書類に集中するふりをした。

報告書によれば、ブルネイのセリア採掘所を完全確保した日本軍（第一七軍）は、南雲機動部隊の航空支援を受けて、東北東七五キロにあるセラサの、イギリス陸軍滑走路を確保することにも成功したらしい。

滑走路はただちに、第一七軍所属の工兵連隊によって修復された。

こういった場合、令和世界の歴史では一本の滑走路を修復するのに一週間ほどかかっていた。しかし昭和世界では、国産のブルドーザーやパワーショベル、そして簡易舗装に使用するコンクリート一体成形パネルの使用により、たった二日で修復を完了している。

まさに令和世界の知識と技術の恩恵である。

修復された滑走路には、サイゴンから一個陸軍爆撃隊（九四式爆撃機一六機）、一個陸軍戦闘隊（九五式戦闘機二四機）、一個陸軍襲撃隊（九五式対地攻撃機一六機）、二個輸送隊（九八式双発輸送機八機／九五式双発輸送機八機）が到着。

海軍も一個海軍戦闘隊（九五式艦戦二四機）、二個海軍攻撃隊（九六式陸攻一六機／九九式陸攻『銀河』八機）、海軍航空偵察隊（零式双発偵察機四機／九六式偵察機八機）がやってきた。

同時にブルネイ湾に面したラワスとリンバンが攻略され、リンバンに南方方面軍司令部が、ラワスには海軍ボルネオ泊地司令部が設置された。

「予定では、今日から海軍陸戦隊の落下傘部隊が出撃するってなってるけど……」

報告書では、陸軍航空輸送隊の輸送機に乗った海軍陸戦隊が、ボルネオ島のバリクパパンに対し空挺降下を実施することになっている。

それに合わせて、護衛艦隊に守られた輸送艦隊から陸軍一個師団も上陸作戦を実施、ボルネオ島南西部の大石油採掘地帯であるバリクパパンとバンジェルマシンを一気に制圧する予定だ。

「昼過ぎには作戦が実施されることになってますけど、いま確認中です」

打てば響くように愛子の声がする。

「連合艦隊主力部隊はシンガポールへ向かう予定

になってるけど、実際はどうなの？」

「まだシンガポール港に英蘭仏艦隊が身を寄せていますので、それらを殲滅するなり追い出すなりしないと、連合艦隊はシンガポール海峡には入らないとなっています。なので、もう少し時間がかかるかと」

「ふーん……令和世界の南方作戦よか、時間を掛けたくないよなー」

そこまで武人が呟いた時。

通信室の北側扉を開けて、近衛師団の伝令将校（少尉）が飛びこんできた。

「鳴神殿！　大至急、地下四階の新会議室へお越しください。合衆国大統領府と米議会が連名で、日本政府に対し緊急勧告を行ないました。正式の外交通達ですので、ただちに臨時御前会議が開催されます！」

「アメリカ政府は何て言ってきたの……って聞い

ても、ここじゃ答えてくれないだろうね。しかたないから、一足先に新会議室に行くか」

新会議室に行けば、最低でも奈良侍従武官長はいるはず。

それなら勧告の内容も知っているだろう。

そう思って、地下へ通じる階段のある南地下道にむかった。

四

四月一日　皇居

三月一日に合衆国政府が日本政府に対して行なった勧告は、やはりと言おうか、欧州三国との戦争勃発を受けてのことだった。

『日本と英蘭仏連合国との戦争勃発は、合衆国のアジア権益にも重大な損失をもたらす。よって日本は、ただちに英蘭仏三国と停戦交渉を行ない停戦を実現したのち、速やかに休戦協定を結ぶよう強く勧告する』

まったく身勝手なものである。

英蘭仏三国による宣戦布告は、合衆国も事前に知らされていたはずだ。それを容認したからこそ開戦に至ったはず。

いまの欧州三国に、合衆国の意向を無視して戦争をしかけるほどの力はない。

合衆国も、ドイツを相手に正面からぶち当たる決心をしたばかりのため、東南アジア方面は英国に任せればいいと考えていたフシがある。

ところが……。

英国海軍が、さっそうと日本軍を駆逐するという思惑が、完全に外れてしまった。

実際に日本軍と戦ってみたら、英東洋艦隊は海戦すら行なえないまま壊滅的被害を受けてしまったからだ。

おそらくチャーチル首相は、事前にルーズベルト大統領に対し、大先輩の大英帝国海軍が日本海軍に負けるはずがないと豪語していたはず……。

それを信じたからこそ、英国主導による宣戦布告に同意したのだ。

結果は完全に裏目に出た。

そこで合衆国政府は、慌てふためいて停戦勧告を行なってきたのである。

いきなりの停戦勧告など、日本が呑めるはずがない。

しかし無視したり適当に対処したら、欧州参戦で興奮の絶頂にある合衆国市民が、大規模な抗日運動を起こす可能性が高い。

ドイツに対する大規模抗議デモが、結果的に大統領府を動かして欧州参戦を実現させたのだ。いまの時点で、合衆国政府が市民の勢いに圧されて日本に戦争をふっかけたりすれば、また日本の未来予測が狂ってしまう……。

となれば、やることは決まっている。

なるべく合衆国市民を刺激せず、合衆国政府にも穏便に対処する必要がある。

そこで、三月一日に急遽開催された臨時の御前会議では、次のような方針が決定した。

『東條英樹首相がルーズベルト首相に対し親書をしたためる。宣戦布告してきたのは英蘭仏三国なのだから、停戦の申告も三国側から行なうのが筋である。

三国が日本と締結した商業協定に違反したことを認めて謝罪し、日本側が受けた被害の賠償を行なうことを確約すれば、日本政府は三国の行なう停戦申告に応じる用意がある』

『日本は米国のアジア権益をなんら毀損《きそん》していない。米国領であるフィリピンとグアムに対しては、日本はいかなる武力も行使していない。

米国政府と締結したフィリピン国内における鉱山開発と採掘に関する協定も、現地で三国植民地内と同様の共産主義者による暴動が発生している。だが日本は、米国による法と秩序の維持を信用し、早期に鎮圧されることを願って堪え忍んでいる』

要約すると、ごくあたり前の内容にしかならない。

しかし現実には、この親書はルーズベルトを激怒させるであろうと未来研究所は予測している。

この親書は時間稼ぎと、日本の立場が正当である理由を知らしめるためのものだ。

合衆国政府が今後いかなる手段を講じてきても、日本の正当性を事前に告知しておく。

相手が理不尽な暴力に及ぶ可能性がある場合、事後でいくら文句を言っても言いわけにしかならない。それが国際政治の本質なのだから、弱者である日本は未然に予防線を張っておかねばならなのである。

さすがに面と向かって正論を突きつけられたルーズベルトは、いったん黙りこんだ。

そうでなくとも、風前の灯火の英国本土をなんとしても救わねばならないのだから、やることは腐るほどあるのだ。

そして、のちに『沈黙の一ヵ月』と呼ばれるようになった合衆国の不気味なほどの静けさは、丸一ヵ月経過した四月一日、ついに破られることになったのである。

＊

「我が国に対し合衆国政府が、正式に対日要求をしてきました」

一ヵ月ぶりに開かれた御前会議において、やや疲れた様子の東條英樹首相が、居並ぶ会議参加者を前に発言した。

東條の指示にしたがい、オブザーバーとして参加している外務省の事務次官が、合衆国政府が出してきた対日要求文を読み上げはじめる。

「ひとつ。日本国に重ねて要求する。日本軍による東南アジア植民地に対する侵略を、即時かつ全面的に中止し撤収すること」

「ふたつ。日本国は、中国国民党軍に対する軍備売却を中止し、中国における権益の一切から撤収すること」

「みっつ。日本国は満州国より軍を全面的に撤収し、満州における商業権益を諸外国へ解放すること」

「よっつ。フィリピンにおける日本の商業資本の全面撤収を行なうこと。撤収に関して生じる損益は、日本軍が東南アジアより撤収しない限り、合衆国は感知しない」

「以上の四項目を日本が受け入れない場合、合衆国政府は実力をもって日本の覇権主義的な行動を阻止する」

これは間違いなく最後通牒である。

内容こそ令和世界のハル・ノートより軽いが、いまの日本に呑めるものではないという点では、ハル・ノートとたいして変わらない。

呆れたような表情を浮かべた梅津美治郎陸軍局長官が、吐き捨てるように言った。

「英国艦隊の無様な負け戦を知らされているだろうに、まだ合衆国は我が軍を舐めているのか？」

いきなりの罵倒に近い発言に、あわてて永野修身軍務大臣が諌《いさ》める。

「梅津長官……御前ですぞ。まあ、言わんとするところは理解できますが、米政府が我が軍を下に見るのは増長ではなく、なかば事実ですからな。我が国の外務省と諜報機関の努力の甲斐あって、いまだに米政府は我が国の国力を、米国の八分の一程度とみておるはずです。

実際は二分の一まで接近しているなど、夢にも思っておらんでしょう。しかも軍備に関しては、量はともかく質においては我が国が圧倒している。知らないからこその傲慢……これは海戦に負ける前の英国と同じです」

いきなり陛下の御声がかかった。

「米国の最近の情報を知りたく思う」

どう考えても、二人の無駄な会話に釘を刺す発言である。

たちまち東條が、顔一面に汗を噴き出しながら答えた。

「米国の内情に関しては、最新の情報を諜報局に上げるよう命じております。根元博諜報局長！報告できるか？」

丸投げされたにも関わらず、根元は涼しげな表情のまま立ち上がり、手元に置いてある書類を読みはじめた。

「米国国内では現在、大規模な英国派兵を実施するため、総力を結集して戦時陸軍増産態勢の計画を作成、およびに即時の実施をしております。まず必要になる大量の輸送船を建造するため、リバティー船と呼ばれる戦時標準船が設計され、すでに建艦が始まっています。

我が諜報局の在米諜報員による調べでは、これから五年間で三〇〇〇隻以上を建造する予定になっているようです。

この構想は、我が国の新たな軍産連携計画として実施されている、丸一計画における『統一規格輸送船建造計画』と似たようなものですが、我が国の計画での総建造数は八〇〇隻ですので規模が違いすぎます。

米国の戦時増産計画は、各種製造業が枠を越えて連携し、最大効率で軍備を大量生産するものですので、開始から一定期間……とある史実では一年間で最大生産数に達するようになります」

さらりと根元は、日本国最大の秘密を間接的にだが口にした。

むろん御前会議に出席している参加者は知っているが、オブザーバーなど参加者以外の耳もある場なのだ。一瞬、会議室に妙な空気が流れた。

しかし、そこは世界最高峰の情報組織のトップ。しらっとして言葉を続ける。

「現在知りうる米国の増産計画は、海軍に関するものは、対潜駆逐のための護衛駆逐艦と輸送船の大量建艦以外はありません。ほとんどが陸軍装備となっております。これは基本的に欧州戦争が陸軍の戦いであり、海軍は陸軍を各地に展開させるための支援と、敵潜水艦による海上輸送路の遮断を撃破することに限られるためと考えております。

これらの情報を総合すると、米国政府は日本との全面戦争は想定しておらず、発生しても数度の局所的な艦隊決戦で終了すると想定していると結論しました」

いま合衆国海軍は、懸命になって英国艦隊の敗因を調査しているはずだ。

そして知りうる情報から導かれる結論は、次のようになる。

シンガポール海峡にいた英極東艦隊は、潜水艦の夜間奇襲雷撃によって大ダメージを受けた。マラッカ海峡の英東洋艦隊は、マレー半島のタイ国内にある陸上航空基地から飛びたった日本の艦上機によって大被害を被った。

極東艦隊は狭いシンガポール海峡で奇襲されたため、逃場がなくて多数の被弾を許した。これはどれだけ優秀な艦隊でも逃れられないゆえに、宣戦布告のタイミングで海峡を出ていなかった艦隊司令部の大失態である。

東洋艦隊の被害も、まさかマラッカ海峡にまで敵機がやってくるとは思ってもいなかった油断が原因であり、これまた艦隊司令部の怠慢が原因である……。

この世界では、まだ航空優先主義は日本だけのものであり、令和風にいえば、日本の空母運用は『ガラパゴス海軍』ゆえの間違ったものでしかない。

世界の海軍においては、空母は水上打撃艦隊を護衛するための海上航空基地というのが一般的であり、必然的に空母部隊は水上打撃艦隊に随伴することになる。

これは令和世界でも開戦初期段階では同じであり、この常識がひっくり返るのは南雲機動部隊が大活躍したあとのことだった。

だから昭和世界では、可能な限り空母機動艦隊の有用性を隠匿する策が実施されている。

あえて敵に教えてやる必要はない。勘違いがこちらの利になるなら、可能な限り勘違いさせる……これが日本の基本方針なのである。

南雲機動部隊がマレー半島の東側ぎりぎりまで接近して航空隊を出撃させたのも、世界を欺くためのものだった。

なぜそう断定できるかといえば、空母航空隊が飛んでいく直下──タイ国のスラータニーには、日本陸海軍合同の陸上航空基地が存在しているからだ。

いまスラータニー基地は、シンガポールで一ヵ月も抵抗し続けている英国軍に対し、連日のように航空攻撃をしかけている。英軍は嫌でも、スラータニー基地にいる海軍艦上機を目撃させられているのだ。

まさかそれが壮大な計略に基づくものだとは、どれだけ優秀な軍関係者であっても読めないだろう……。

「おおむね理解した」

陛下は仔細に報告した根元に対し、労うように声をかけられた。

東條がふたたび口を開く。

「それでは皆さん。根元局長から具体的な報告もありましたので、そろそろ米国政府による対日要求の個々について、どう対応するかを話しあうことにしましょう」

東條はそう促したが、内心では気になることがあった。

ここにいるメンバーは、未来研究所や謹皇会のことを知っている。

だが、何も知らない者の中には、予想以上の大戦果を上げた日本海軍に対し、たとえ米国艦隊を相手にしても楽勝できるのではないか……そんな風潮が見えはじめているのだ。

さらに悪いことに、この一ヵ月間に日本陸軍と海軍陸戦隊が、破竹の勢いで東南アジアを席捲《せっけん》している。

ボルネオ島は、ほぼ全域が日本軍の掌握するところとなった。

現在はシンガポールとセレベス島を攻め落とす寸前で、すでに連合艦隊と第一機動艦隊、警戒隊と輸送部隊は、ジャカルタとスラバヤを攻略するためジャワ島を攻めている。

それが終われば、いよいよマラッカ海峡奪取のためスマトラ島上陸作戦が開始される。

作戦予定では、全植民地の主要地点を制圧するまで三ヵ月と見積もっている。

その後、陸軍はパプアニューギニアに転進し、ラバウルまで奪取してソロモン諸島を照準に定める予定だ。

これらの進捗予定は令和世界の史実をもとにしているため、まったく無理のない予定となっている。

問題は、あと二ヵ月以内に合衆国が戦いを挑んできた場合だ。

未来研究所の予測では、あと一ヵ月をしのげば、その後の展開がずいぶん楽になるとなっている。

ともかく合衆国の初動を遅らせ、日本はその間に準備を着実に行なう。

合衆国が欧州戦争に参戦すれば、必然的にドイツ軍戦車の優秀さに驚くはず。

一九四二年四月現在、ドイツ軍はすでに長砲身の七五ミリ主砲を搭載した四号F2型（のちのG初期型）を実戦投入している。

四号戦車の前面装甲は五〇ミリ、駐退機前面（砲付近の一部前面）はなんと八〇ミリに達する。

車体前面も八〇ミリだ。

対する米陸軍は、M３リー中戦車がようやく配備された状況で、まだM４シャーマン戦車は影も形もない。

昭和世界の米軍は、現時点において令和世界より半年ほど初動が遅れている。

そのため、もしM４シャーマンがこれから開発されても、量産が開始されるのは来年の一月以降になるはずだ。

対する日本は、すでに現役の九五式中戦車の後継車種となる『零式中戦車』の開発を終了し、現在は各自動車メーカーと陸軍工廠で大量生産中だ。

ただし欧米諸国には秘密にするため、車体と砲塔を分離した状態で、いまだに生産工場の倉庫群に隠匿されている。その数は、すでに一〇〇〇輌を越えているというから驚く。

このほかにも、『零式シリーズ』と呼ばれる第二次五ヵ年計画で量産された零式砲戦車／零式軽戦車／零式重戦車も、厳重に隠された状態で出番を待っている。

ちなみに『零式』の『零』は、皇紀二六〇〇年の下ひと桁がゼロのため、制式年度もゼロを意味する『零』となることから使用されている（以前は陸軍だと『ゼロゼロで百式』だったが海軍式に統一された）。

皇紀二六〇〇年は西暦一九四〇年（昭和一五年）だから、今年は皇紀二六〇二年。

つまり今年に制式採用が決定した装備は『二式』と呼ばれるようになるわけだ。

ところで、ここでひとつ面白い話がある。

鳴神武人が昭和世界にもたらした現物の中に、なんと携帯対戦車擲弾発射機RPG-７のカットモデルが存在した（厳密には改良型のRPG-16らしい）。

これはどうも旧ソ連製らしい。

ロシア軍の武器倉庫で廃棄状況にあったものを、日本のモデルガンメーカーが、『プラスチック製のイミテーションモデルを作りたいから』という理由で、武器として使用できないよう正中線にそって縦に切断した上で購入したものだ。

もちろん砲弾も、火薬と信管を抜いた上で、縦割り状態で送られてきた。

そして武人たちの会社は、実際に玩具メーカーと商談して、オリジナルモデルとして少数製造した。それを単価八万五〇〇〇円でネット販売したのである。

モデルガンタイプなので、実際に砲弾を発射する機能はない。

しかも全プラスチック製のため、どう改造しても実弾が射てるようにはならない。

せいぜいサバイバルゲームのネタ武器として、BB弾を発射できるよう改造するのが精一杯……。

しかし、モデリングを終えた本物の縦割り品はその後、武人の手により昭和世界に持ちこまれた。

これがすべての始まりである。

昭和世界では、ただちに実測による設計図がつくられた。

別の資料から、砲弾や信管の構造と火薬などの性能なども解明した結果、昭和世界の実状にあわせて小改造されたものが、九八式携帯対戦車擲弾筒（通称『五八ミリ無反動砲』）として大量に生産されることになったのだ。

この個人携帯砲の凄いところは、有効射程距離が八〇〇メートルもあることだ。

しかも昭和世界の火薬技術でも、装甲貫徹能力は九〇ミリもある（RPG‐16用の大口径弾頭使用時）。

これはドイツ軍の四号戦車やソ連のT‐34戦車

を正面から撃破できる能力だ。

現時点においては、特殊な砲戦車や一部の重戦車を除き、歩兵が大半の戦車を撃破できる唯一の武器である。

日本軍の恐いところは、派手な重火器や戦闘機だけでなく、細かいところまで令和世界の知識と技術が浸透していることだ。

小銃ひとつとっても、現在の歩兵装備となっている九六式小銃は、単発式ながらボルトアクション不用……つまり引金を引くだけで次々と発射できるガス圧式装填を実用化している。

これに弾倉式の給弾方式を採用しているため、じつに一六発もの装弾数を誇っているのだ。

それでいて命中精度は工業規格の採用によって格段に向上し、三八式より銃身が短いにも関わらず、同等以上の性能となっている。重量もプレス鋼板を多用しているせいで軽い。

日本が合衆国に負けているのは、国力に基づく大量生産数のみだ。

それを武人たちは、なんとか飛躍的な質の向上で挽回しようとしているのである。

第四章　太平洋戦争、勃発！

一

一九四二年（昭和一七年）五月　アメリカ合衆国

五月一日……。

「……あれから一ヵ月が経過した。なのに日本の返答は何も変わっていない。あいかわらず、首脳会談で対日要求の内容について協議したいと言いはっている。その間も日本は、着実に東南アジアの植民地を蹂躙している」

ここは合衆国の首都ワシントンにあるホワイトハウス——大統領官邸。

会議室に集められたメンバーは、いずれも政府と軍部の要職にあるものばかりだ。

そして今、彼らを前にして車椅子に座ったまま苛立った声をあげた男こそ、民主党出身の第三二代合衆国大統領——フランクリン・D・ルーズベルトである。

ルーズベルトの下半身が不自由なのは、過去にポリオをわずらった後遺症によるものだ。

下半身が麻痺しているため、日常生活をおくるのにも車椅子は不可欠な存在となっている。

「諸君は私に言った。日本の行動はソ連の共産主義輸出を阻止するためのものであり、それは我が国の共産主義撲滅《レッドパージ》の主旨にそったものだ……と。だから私も、これまで自分の信念を曲げてまで諸君の意見に従ってきたのだ。

なのに……日本は、なぜ我が国の要求を呑まない？　なぜ我が国と共闘し、共産主義をこの世から根絶するための戦いに身を投じないのだ？　もしかすると諸君の予測は間違いであり、日本の真意は別のところにあるのではないか？　これらの疑問について、今日こそは答えてもらう」

ルーズベルトはかなり怒っている。

なにしろチャーチルの策にはまり、無理矢理に対ドイツ直接参戦をさせられたばかりなのだ。

本来なら、日本の動向を確かめた上で、対日戦／対ソ連戦／対ドイツ戦のいずれかを選択するつもりだったのに……。

このうち対ソ連戦は、あれだけ援助してきたにも関わらず、大統領府へ共産主義者を送りこんだスターリンの裏切りに対処するため、後付けで追加したものである。

ルーズベルトの発言を受けて、罷免されたハルのあとを継いだエドワード・R・ステティニアス国務長官が発言を求めた。

「まず日本の東南アジア侵略についてお答えします。そもそも日本が東南アジアへ軍を投入する原因となったのは、欧州三国が日本と交わした植民地商業協定にあります。

この協定は、日本が欧州三国の植民地内にある指定区域において、民間資本による鉱工業生産を行なうことを許可するもので、見返りとして利益の三割を植民地政府に支払うという、かなり欧州三国にメリットのあるものでした。

それなのに、現地でソ連の扇動による共産主義者の暴動が発生すると、欧州三国は自国の企業のみを守り、日本企業の操業地域を放置しました。そこで日本政府は現地民間企業の親会社から要請され、操業地域防衛のための守備兵力を送りこんだのです。

つまり……先に協定違反をしたのは欧州三国の

ほうであり、これらは一連の国際的な公式文書や政府発表により明らかであり、当然ながら非は欧州三国にあります。

何度も申しますが、事の発端はソ連の謀略ですから、本来なら欧州三国は日本と共闘し、ソ連を国際的に糾弾すべきでした。

しかしながら、これらを先んじて誘導しなければならない我が政府は、そのころソ連の共産主義輸出の渦中にあったわけで、大統領閣下も閣僚の赤化汚染により偽りの情報を提供され、結果的にソ連糾弾の方針を打ち出せない状況にありました。

我が国がだんまりを決め込んでいる以上、欧州三国だけでソ連を糾弾できるはずがありません。下手をすれば戦争に発展します。

そこで欧州三国は次善の策として、組みしやすしと判断した日本に対し宣戦布告をして、強制的に共産主義者もとろも日本を東南アジアから排除しようとしたのです」

共産主義を排除した大統領府は、ひとまず正常に戻っている。

本来であればルーズベルトも責任を逃れられないところだが、そこは閣僚の半分を入れかえるという大鉈をふるい、罷免した者たちにすべての罪を擦りつけることによって辞任を回避したのである。

「しかし……それなら、なぜ日本は、我が国の要求を飲んで国際連盟に復帰しないのだ？　復帰さえすれば、日本は連合国に入れるというのに」

「それは、大統領閣下が日本へ送るよう命じられた対日四ヵ条の内容が、とても日本が呑めるような代物ではなかったからでしょう」

「いや、呑まなければ、我が国と敵対することになるんだぞ？　日本は追い詰められて伝統のハラキリでもするつもりなのか？

やつらはペリー外交により開国させられてからずっと、我が国の言いなりだったではないか。しょせんはアジアの劣等国、黄色人種にまともな国など運用できないのだ」

この発言を聞くだけでも、ルーズベルトが根本的に日本人を嫌い、差別意識を隠そうともしないことがわかる。

とはいえ、それも仕方がない。

この時代において人種差別や民族差別は当然のことであり、そもそも差別なくして植民地経営は成りたたないのだ。

そう考えると、ルーズベルトが日本を国として認めているだけでも、他の植民地に住む数多くの有色人種よりマシだと言える。

「日本は、当時は大国と思われていた中国とロシアを相手に日清戦争と日露戦争を挑み、これに勝利しました。そのことで、自分たちの地位が国際的に向上したと勘違いしています。だからこそ、一人前のつもりで国際連盟を脱退したのでしょう。たしかに日本はアジアにおける一等国ですが、世界的に見れば二等の国家にすぎません。軍事力だけは一等国を凌ぐ部分もありますが、国力や民度などは御存知の通りです。

そして例えは悪いのですが、英国と同様、島国という立地条件が彼らを増長させた一因でもあります。

島国は外敵から海で守られているため、海軍さえきちんと整備していれば、少なくとも本国は守られる……そう考えているフシがあります。これは英国も同様で、ドイツに宣戦布告した段階では、まさか上陸作戦を実施されるとは夢にも思っていなかったはずです。

しかし現実には日本も英国も、海外にかなりの規模の経済拠点や傀儡《かいらい》国家、植民地など保有しています。それらを守るためには海軍だけでなく強力な陸軍も必要なのですが、母国本土が狭い島国のため、母国からの人的供給や資金、軍事物資の確保に限界があります。

　これらの事実は日本の場合、なまじ満州や朝鮮・台湾などの海外拠点があるだけに、実際の身の丈以上に自分たちが強いと錯覚する原因になっているのです。

　つまり……大統領閣下の対日四ヵ条要求は、彼らにとって理不尽なものでしかなく、ただ単に、我が国が日本に対して無理強いしているとしか思っていない……そう国務省としては判断しております」

「海軍長官、君の意見を聞きたい」

　ルーズベルトはウイリアム・F・ノックス海軍長官を名指しして意見を求めた。

「現在の日本は、新たに新型戦艦一隻を建造したのみで、あとは空母と軽巡その他しか軍備を増強していません。そのため軍縮条約が破棄された時点より、我が国との戦艦の比率は劣っているほどです。

　これらを海軍省で検討した結果、たとえ日本と戦争になったとしても、早期に艦隊決戦を行なって日本海軍に致命的打撃を与えることで、日本は成すすべもなく敗北するしかなくなると結論されました」

　本日時点で、合衆国海軍の保有する戦艦は一八隻。今年中に、さらに四隻増えて二二隻に達する。対する日本は二隻減って九隻。今後も増える予定はない。

　空母に関しては、合衆国は七隻に対し日本は一二隻。

　しかし世界的に見ても、空母は戦艦中心の打撃艦隊を補佐する艦であり、艦隊決戦では、敵航空機から打撃艦隊を守る役目しかないと考えられている。

しかも合衆国海軍は、日本の空母数増加を、最初から東南アジアを制圧する目的があり、占領後に大量の航空機を現地に送りこんだり、東南アジアから日本へ資源を輸送する時の護衛役として必要だから追加で建艦したと判断している。

この絶望的なまでの認識の差は、なにも昭和世界のみのことではない。

多少はまともな見方をしていた令和世界の過去でも、合衆国海軍は真珠湾を攻撃される瞬間まで、日本は水上打撃艦同士の決戦で雌雄を決すると信じていたのだ。

なのに昭和世界では、日本が戦艦数を減らすという前代未聞の自主的軍縮（と諸外国は勝手に思い込んだ）を行なったのだから、ますます海軍戦力が衰えたと見るのも当然だろう。

「ふむ、それは私の認識と同じだが……では陸軍長官はどう思う？」

指名されたハリー・H・ウッドリング陸軍長官が、座ったまま返答する。

「正直に申し上げますと、現在日本陸軍は、主力部隊の大半をソ満国境に張りつけていますので、他の方面の部隊は軒並み二線級の部隊と判断しております。その証拠に、今回の東南アジア侵攻においても、主力として突入しているのは海軍陸戦隊であり、陸軍部隊はその後に駐留部隊として上陸しています。

たしかに極東の沿海州で勃発した国境紛争において、日本陸軍の戦車がソ連の戦車を撃破していますが、ソ連のT‐28中戦車は、我が軍の主力戦車であるM3リーより遥かに脆弱な装甲しか持っておりません。なので、これをもって日本戦車が強力であるとは言えないと判断しております」

この世界の合衆国陸軍は、まだM4シャーマン戦車を開発していない。

おそらく……まもなく英国本土においてドイツ軍との戦車戦が行なわれ、その結果、M3リーではまるで歯が立たないことが判明するはずだ。

それが明るみに出てから、あわてて次期戦車の開発に取りかかるはず。

これらのことは、すでに鳴神武人と未来研究所が予測していることだった。

「では最後に財務長官。我が国の財政面から見た現況について聞きたい」

現在の財務長官は、フレデリック・ビンソンとなっている。

ヘンリー・モーゲンソー財務長官の次官補であるハリー・ホワイトがソ連のスパイとして逮捕されたため、モーゲンソーも首になった。

その後を継いだビンソンは、過去に裁判官をしていた経歴もあり、不正に対して厳格な態度をとることで有名な人物である。

さらには商務長官だったホプキンスも共産主義に汚染されているとして罷免されたため、一時的だがビンソンが商務長官も兼任する事態となっている。

「政府予算については、英国支援のための軍事予算が突出して増大しつつある現在、日本と全面的な戦争を行なうのは苦しいと言わざるをえません。

ただし、莫大な予算を食い潰している例のM計画を中止もしくは規模を縮小すれば、太平洋方面での軍事作戦を支える程度の予算はひねり出せると考えています」

M計画とは、国家予算なみの資金を食い潰している原爆開発計画——マンハッタン計画のことだ。

これは極秘指定されている計画のため、ホワイトハウスで行なわれる国家戦略会議においても秘匿名扱いにされている。

「……他に意見はないか？」

会議の出席者は、ほかにも大勢いる。

とくに軍関係者が多いが、いずれも海軍および陸軍長官に任せるつもりらしい。

だれも返事をしないのを見たルーズベルトは、ふたたび口を開いた。

「それでは異論なしとみなし裁決をおこなう。本日の議題である対日戦争の是非について、反対の者は挙手してくれ」

そう……。

本日の国家戦略会議は、いつまでたってもルーズベルトの要求を呑まない日本に対し、宣戦布告をするか否かを決める最重要な会議だったのである。

挙手した者はいない。

誰もが対日戦はドイツと違い、短期間で合衆国の圧倒的勝利に終わると確信しているようだ。

令和世界の合衆国政府も、開戦前の段階では一年でケリがつくと予想していたのだから、ここでの誤判断は仕方のないことだろう。

「全員賛成……。では本日ただいまより、日本に対する宣戦布告の準備に入る。陸海軍は別途、初動作戦の作成および実施に関する行動に移り、作戦実施期日が確定したら、ただちに臨時の国家戦略会議にかけて了承を受けるように。その後、作戦実施日時に合わせて宣戦布告を行なう。

海軍に対しては、欧州戦線に影響を及ぼさない範囲において予算の増額を認める。できれば追加予算なしで早期勝利を確定してもらいたい。各自、我が国の国益と正義のために奮闘努力してもらいたい。以上だ！」

ついに合衆国政府が、堪忍袋の緒を切らした。

それが身勝手かつ盲目的な白人優位主義にもと

づく判断であることを知るのは、まだずっと先のことである。

人も国家も、痛い目にあわないと反省しない。ところがアメリカ合衆国という国（英国も同様だが）は、いまだかつて戦争によって全面的な敗北を経験したことがない。

そのため戦争になっても、本国さえ無事であれば、国家国民の基本的な認識も変わらないと信じている。それが今回、致命的な判断ミスを招いたのである。

二

七月一五日　ハワイ真珠湾

東京市ヶ谷にある統合軍総司令部——その敷地内に設置された作戦指揮センター。

半地下式の航空機格納庫のような建物の中に、戦時を想定して、『情報収集・作戦立案・作戦指揮』を高密度で連携するための統合指揮所が設置されている。

内部の配置は半円形の階段教室風になっているが、一番低い位置にある指揮管制ブースが中学校の教室ほどの広さがあるところが違っている。

階段席は部門ごとに区分けされていて、最前列には右側に陸軍局参謀本部連絡席、左側に海軍局軍令本部連絡席が仲良く並んでいる。

中央には陸海軍を連結する感じで、統合軍総司令部司令長官に抜擢された米内光政大将が座っている。

ちなみに統合軍総司令部の最高指揮官は陛下のため、米内は陛下の意志を輔弼《ほひつ》する実務トップという位置付けになる。総理大臣まで務めた人物だからこそ、陛下の代理として権限を行使できるわけだ。

つぎの上段席中央には、軍務省諜報局のブース。

そこの右側には陸軍情報部。左側には海軍情報部の席がある。

さらに上段部分には各軍関係者（オブザーバー）用の席があり、最上部の防弾ガラスとコンクリート壁で囲まれた場所は、表むき『来賓室』となっているが、実際には未来研究所と謹皇会の会員用の特別ルームになっている。

なお、最下段の指揮管制ブースには、最上段からも双眼鏡を使えば仔細が見てとれるほどの、大きな作戦指揮地図の乗った『作戦管制盤』と呼ばれる巨大な机が置かれている。

そして驚くことに、作戦管制盤には、一〇〇インチの大型液晶ディスプレイが三個、外向きに設置されている。これとは別に、階段席と反対の場所となる壁には、同じサイズのディスプレイが据えられているため、机周囲には三個しかない。

これらのディスプレイは、指揮管制ブースの左右に配置された陸軍操作席／海軍操作席にある、デスクトップパソコンに繋がっている。

むろんこれは、鳴神武人が令和世界から持ちこんだものだ。

陸海軍の最高機密エリアに指定されている作戦指揮センターだからこその、極めて例外的な措置である。

当然だが、この場所に参加できる者たちは、令和世界の存在を教えられている。

たんなるオブザーバーであっても、入場する前に数時間の特別ガイダンスを受けさせられ、機密を外部に漏らした場合、国家反逆罪で銃殺刑になる旨の誓約書にサインさせられるのだから、誰も漏らす者はいない。

日本軍の中枢とでも言うべきここに……。

日本時間の一五日午後三時（ハワイ時間の一四日午後一九時）、突然の緊急報告が舞い込んだ。

「ハワイの真珠湾に集結していた米海軍部隊が出撃しました！」

報告を行なったのは、軍務省諜報局のブースにある専用電話で会話中だった諜報局通信本部に所属する指揮所連絡員――佐々木希憲《ささきまれのり》の声だった。

佐々木の大声を聞いた、海軍局軍令本部連絡席の軍令部本部長（旧軍令部総長）――豊田副武《とよだそえむ》大将が、一言二言、自席にあるマイクにむかって話しかける。

このマイクは、最上段に設置された来賓室に繋がっている。

いま来賓室には、未来研究所の最高顧問代理として、武人の秘書である有馬愛子と奈良侍従武官長がいる。


おそらく豊田副武は、米海軍が出撃したとの第一報を受け、未来研究所と鳴神武人の意見を聞いていたのだろう。

すぐに屋内通話を切ったところを見ると、未来研究所側ではすでに想定済みのことであり、豊田の問いかけにも、有馬愛子に持たせたテンプレートをもとに返答したと見るべきである。

「総司令部司令長官殿、御判断願います」

米内の席にある屋内電話にも、すでに貴賓室から連絡が入っている。

そのため豊田の問いかけを受けた米内も、まったく躊躇することなく声を発した。

「横須賀にいる連合艦隊へ命令を通達。本日ただいまをもって、旭一号作戦の準備行動を発令する。以上、送れ！」

旭一号作戦とは、合衆国が大規模打撃艦隊をフィリピン方面へ出撃させた場合を想定して作成されたものだ。

当然だが、海戦に発展した場合には、日米戦争が勃発する大前提で作成されている。

合衆国政府の最後通牒を呑まなかった日本に対し、結果的に合衆国は三ヵ月間、不気味な沈黙を守った。

それを未来研究所が、令和世界のスーパーコンピュータによるシミュレーションを使って未来予測したところ、『米海軍を主体とする開戦劈頭での水上決戦を準備するためのもの』と結論したのだ。

ハワイの真珠湾に未曾有の水上打撃艦隊を集め、日本海軍を圧倒する規模で一気に叩く。

これは英東洋艦隊を壊滅させた連合艦隊の策をそっくりマネしたような代物だが、そもそも圧倒的戦力で叩き潰す策は軍学の王道なのだから、マネしたというほどのものではない。


そこで諜報局がハワイに送りこんでいるスリーパー（長期潜伏情報員）を覚醒させ、ここ一ヵ月間、真珠湾における艦隊の出入りを監視させていたのである。

ふたたび諜報局の佐々木希憲が発言を求めた。

「ハワイを出撃した敵艦隊は、戦艦一四隻／正規空母四隻／重巡六隻／軽巡一四隻／駆逐艦多数となっております」

予想以上の規模だ。

一瞬だが指揮センター内に、どよっとざわめきが巻きおこる。

米艦隊の出撃に即応するため、横須賀から連合艦隊が出撃する。

その規模は、戦艦七隻／正規空母一二隻／軽空母二隻／重巡六隻／軽巡二四隻。

戦艦数で劣り、空母数で圧倒、軽巡数でも優っている。

たしかに水上打撃決戦を主目的とするなら、米艦隊のほうが有利だ。

しかしGF司令長官の山本五十六は、はなから戦艦による決戦など考えていない。

この日米海軍のドクトリンの違いが、史上最大の艦隊決戦においてどういった結果をもたらすのか。それは、もう間もなく現実となる。

だが……。

日本と合衆国の対立をじっと見つめる灰色の目があることに、さしもの武人と未来研究所も予測していなかった。

*

七月一九日夕刻……。

合衆国艦隊は、ウェーク島近海（昭和世界では合衆国領のまま）まで進出している。

ウェーク島は、日本の統治領であるサイパン島から二一〇〇キロ離れた位置にあるが、四日前に横須賀を出撃した連合艦隊がサイパン島至近で即時出撃態勢にあることを考えると、双方ともに一日で接触できる状況にあると言える。

おそらく合衆国政府は、連合艦隊の出方を見ている。

もし連合艦隊が先に進撃を開始すれば、ただちに宣戦布告を行なうつもりだろう。

それと同時に艦隊決戦を挑む算段である。

だが……。

緊迫の度が極限まで達しようとしている中部太平洋をあざ笑うがごとく、まったく別の場所で戦いが始まったのである。

風雲急を告げる情勢を受けて、鳴神武人は作戦指揮センターの来賓室に来ていた。

そこに諜報局のブースから屋内電話が掛かってきた。

電話は、未来研究所所長の仁科博士が受けとった。

『たった今、満州帝国の北西部にある満州里において、モンゴル軍による侵攻が発生中です！　侵攻部隊はモンゴル軍の騎馬部隊を装っていますが、一部にT‐34戦車がいるとの諜報局ルートの情報が入っております』

「ちょっと待ってください。いま最高顧問と代わりますので」

軍事作戦については門外漢の仁科が、あわてて武人へ受話器を渡す。

出鼻を挫かれた諜報局の連絡員は、あらためて最初から同じ文を読み上げ、そのあと続きを読みはじめた。

『敵軍の実態は、間違いなくソ連のザバイカル混成軍です。指揮権はソ連側にありますので、この侵攻はソ連軍による満州侵攻と考えられます』

受話器に聞き入っていた武人は、すこし考えた後に質問した。

「最高顧問の鳴神です。この事態は、コンピュータによるシミュレーションでも予測されていませんでした。おそらく合衆国によるなんらかの判断があって、その内容をソ連のスターリンが察知したものと思われますが……少々お待ち頂けますか？」

そこでいったん電話を切った武人は、今度は皇居にある未来研究所への直通電話をかける。

電話に出たのは、留守番をしている有馬愛子だった。

「有馬さん、武人です。申しわけないけど地下二階にある僕の執務室に行って、そこにある鳴神ノートの一二冊めを確認してほしいんだ。

鳴神ノートは、まだコンピュータ・シミュレーションにかけてない段階の暫定予測が書かれてるんだけど……たしか一二冊めに、合衆国政府の情報が世界各国に漏洩《ろうえい》した場合の、各国首脳の行動パターンが箇条書きしてあるはず。その中のソ連とスターリンの項目を確認してきてほしい」

『武人さん？　覚えてないんですか？』

自分で書いたノートなのに確認してくれと言われた愛子が、怪訝そうな声を出した。

「あれ、思いついたものを自分なりに推測して書きなぐっただけのものだから、すっかり忘れちゃってるのよ。

いろいろ考えることが多すぎるから、あれは備忘録みたいなもんだし。でも、いますごく重要になってるかも。だから愛子さんにしか頼めないいんだ」

『えっ……そ、そういうことなら、すぐ調べて来ます！』

なぜか愛子は狼狽し、勢いよく電話を切った。

それから一五分後……。

息を切らせた愛子が、ふたたび電話をかけてきた。

『あ、ありました……はあはあ。合衆国が日本に対し開戦を決意している状況において、その情報がソ連に漏れた場合……ですよね？』

「うん、たしか項目はそうなってたはず」

『それでしたら、こう書かれてます。情報を受けたスターリンは、以前に大敗北した沿海州の張鼓峰での事件を根に持っているので、どこかで失地回復する行動に出るとあります。

その場合、日本の権益を削ぎ落とし、なおかつソ連にとって最大のメリットとなる場所として、満州里のジャライノール炭坑を制圧し、炭坑利権の奪取を試みるだろうって……星印付きで書かれてました』

「あ、それそれ。思いだした。ありがとう、すごく役にたったよ。それじゃ」

受話器を置こうとした武人の耳に、愛子の声が聞こえた。

『あ、あの……今度、いつ会えますか！』

だが武人は、返事をしないまま受話器を置いてしまう。

すぐに作戦指揮センター内の各ブース宛になっている直通電話を見る。

少し考えたあと、米内光政がいる司令長官ブース宛に電話をかけた。

「米内長官、鳴神です。これから言うことは不確定情報ですが、僕の予測として事前に出していたものですので、参考になればと思ってお知らせします」

『おお、こちらとしても、どうすれば良いのか判断に困っておったのだ。なんでもいい、対応策を取るのに役立つ情報であれば、なんでも話して欲しい』

「はい、それでは……。現在の状況は、合衆国政府が、明日にも戦争をしかけてくる可能性が極めて高いと判断しています。それが米艦隊による奇襲か、もしくは宣戦布告後の艦隊決戦になるかはまだ不確定ですが、個人的には宣戦布告が先だと思っています。

そして、もし宣戦布告する気であれば、すでに連合国内には伝達済みのはず。ソ連は合衆国に対して赤化攻勢をしかけたせいで、連合参加国でありながら仮想敵国となっていますので、合衆国政府が情報をスターリンに渡すとは思えません。となれば、連合国のどこかからスターリンへ合衆国情報が漏れたと考えるべきでしょう。

この前提があって、次のことが現実化していると考えられます。すなわち、合衆国との戦争で手一杯になる日本に対し、火事場泥棒的な限定戦争をしかけて利益をかすめ取る、これがスターリンの策でしょう。

　おそらくスターリンは、満州里一帯を恒常的に制圧し、それをモンゴルに編入するつもりです。対米戦で精一杯の日本は対応に遅れる、そうスターリンは見たわけです。これを許すと、スターリンは第二第三の限定戦争を満州国に対してしかけてきます。もちろん日本の対米戦の状況を見ながらですが。

　これを許してはいけません。このさいスターリンには、徹底的に思い知らせるべきです。そのための戦力は、すでに用意してあります。そこで……ただちに統合軍総司令部作戦本部が作成した『北極作戦』を発令してください！」

　北極作戦……。

　それはソ連に対する大規模制裁作戦として、張鼓峰事件後、密かに作成されたものだ。

　作戦の骨子は未来研究所が作成し、武人による日本軍の戦力一新と質的向上を大前提として、三年ごとに技術の進歩にともなう見直しがくり返されてきた。いつソ連がしかけてきても対応できるよう、ずっと更新されてきた極秘作戦だ。

　それを今、武人は実行せよと言ったのである。

『北極作戦……あれをいま実施して、本当に大丈夫ですか？』

　米内は海軍出身のため、大陸での陸軍戦闘には詳しくない。

　そのため本気で心配しているようだ。

「大丈夫です。それに満州里を取られると、つぎは大慶油田まで危なくなります。これは絶対に阻止しなければなりません。だから作戦では、短期間でソ連をたたき出し、さらには自ら休戦を申し出る状況に追いこみます。

作戦はまず、ソ連に対する警告から始まりますので、ただちに実施しなければなりません。そして冬が訪れる三ヵ月先には完了できるよう、未来研究所のほうで調整します。

シベリア方面に冬が訪れるまで放置すると、満州里を取りもどすのは来年の晩春になってしまいます。その頃には日米戦争が佳境に入っていますので、陸軍戦力を満州に割くのが困難になってきます。

おそらくスターリンは、ここまで読んだ上で仕掛けたと考えています。ならば、それを逆手にとり、今年の冬が訪れる前までに、すべてを終わらせなければならない……そういうことですので、ただちに命令を発してください！」

いつになく語気の強い武人に押された米内が、まだ迷っている感じで電話を切った。

しかし、すぐセンター内の一斉放送で、米内の声が流れる。

『ソ連の満州里侵攻に対応し、ここに北極作戦の実施を命じる。作戦指揮センターにおいては、海軍の旭一号と同時進行となるので大変だとは思うが、皇国の興廃は諸君の両肩にかかっていると確信し、奮闘努力してくれることを信じている。以上だ！』

ふって湧いたような対ソ戦。

せっかく合衆国を両面戦争に追いこんだと思っていたのに、日本まで両面戦争を強いられることになってしまった。

誰もが心配そうな表情を浮かべ、来賓室にいる鳴神武人のほうを見つめている。

そんな視線を感じつつも、武人は不敵な笑みを浮かべている。

「スターリンは日満議定書の内容を軽視している。

日本が議定書を順守するとは思っていない。まったく……舐められたもんだ。チャーチルといいルーズベルトといい、そしてスターリンまで……なんで白人指導者どもは、日本人が本気を出した時の恐ろしさを考えないいんだろうな」

今日の武人は、いつもの温和な雰囲気とはまるで違っている。

これまで隠してきた内面を、時至りてようやく表に出したといった感じだ。

ちなみに日満議定書は、一九三二年に調印された条約である。

武人がはじめて昭和世界にきた時点の一年前に交わされた条約のため、武人は昭和世界の史実として扱うしかなかった。

日満議定書中で、武人が言及したのが次の部分だ。

『日本と満州のどちらかの領土や治安に対する脅威が発生した場合、もう一方の国の平穏に対する脅威と見なし、両国による共同の国家防衛を実施することを約束する』

これは『共同参戦項目』と呼ばれるものだ。

この一文があるため、張鼓峰事件の時、日本軍は迅速に出兵しなければならなかったのである。

そして事件後、張鼓峰地区における満州領土を整理したのも、この条項が日本にとって不測の事態を招きかねないとの懸念を払拭するためのものだった。

今回、モンゴル軍が侵攻したのは、間違いなく満州国領土。

となれば満州国が当事者となる戦争であり、日本は共同参戦項目に基づき、モンゴルとの戦争を行なうことになる。

しかしモンゴル軍の実態がソ連軍である以上、日本はソ連に対して事の実態をあばいた上で、ただちに撤収しなければ日本との戦争になると警告しなければならない。

　この警告から始まるのが『北極作戦』なのである。

　武人の独り言は、なおも続く。

「僕は、これまで一〇年もの歳月をかけて、本気で昭和世界の日本を育ててきた……。なのにスターリンは、僕の本気をあざ笑った。その代償は高くつくぞ。あとで泣いても知らないからな！」

　なんとも子供っぽい……。

　いや、令和世界で『中二病』と言われるような、未熟な精神が見せる独善的な思考の発露である。

　武人は、自分の人生を賭けてゲームをしている。

　もはや令和世界はどうでも良く、自分の生きる世界は昭和世界だと割り切っている。

　しかも昭和世界をゲームの舞台と考え、すべてを手駒とする理系頭脳でもって、最大効率で変革しようとしている。

　不完全な武人という人間によって、強制的に変えられていく世界……。

　しかし昭和世界の日本は、背に腹は変えられぬと受け入れてしまった。

　かくして……。

　日本は一気に、第二次世界大戦の表舞台へと躍り出たのである。

VICTORY NOVELS ヴィクトリー ノベルス

帝国時空大海戦（1）
新機動艦隊誕生！

2021年5月25日　初版発行

著　者　羅門祐人
発行人　杉原葉子
発行所　株式会社 電波社
〒154-0002　東京都世田谷区下馬6-15-4
TEL. 03-3418-4620
FAX. 03-3421-7170
http://www.rc-tech.co.jp/
振替　00130-8-76758

印刷・製本　三松堂株式会社

ISBN978-4-86490-204-5　C0293